夜不語

詭秘檔案

夜不語
詭秘檔案

夜不語

詭秘檔案102

Dark Fantasy File

木偶

夜不語 著 Kanari

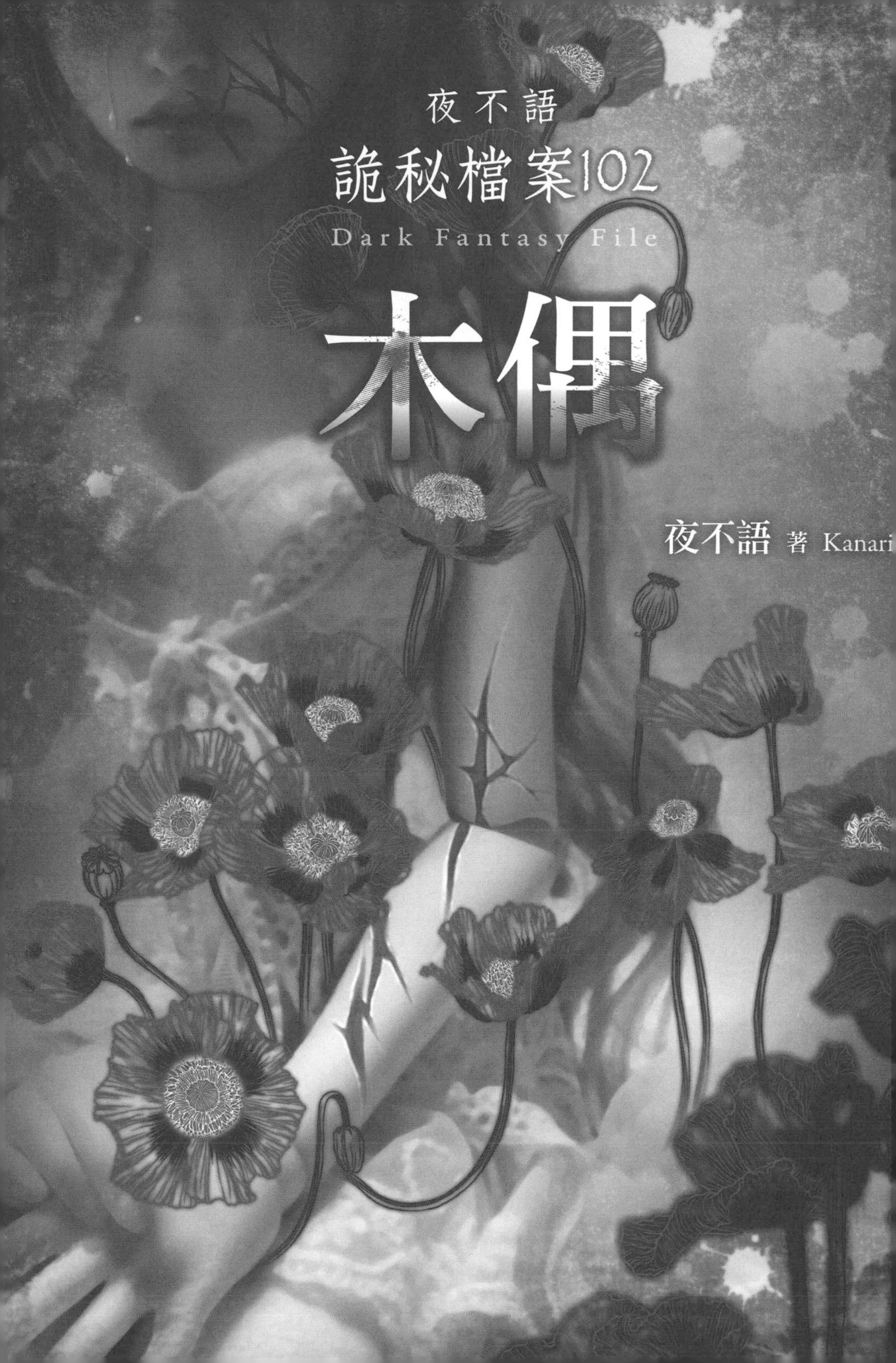

CONTENTS

有人說，這個世界無論泥土或石塊，其實都是有特殊意義的。它們的存在價值並沒有人類看到的那麼簡單。或許是如此吧，當死物在人類的親昵關懷下擁有了喜怒哀樂，這個世界，會變成怎樣的一副場景？

我不知道，或許，你會想知道……

楔子之一

「我愛你……我愛你……」

一個十分甜美的聲音，迴盪在這個午夜黑暗的房間裡，但它卻不是發自某個標緻的美人兒的口中，而只是一具剛成形的木偶。

毫無疑問，這是個非常漂亮的木偶，金色的長髮，白色的洋裙，極佳的身段，身後還有一團粉紅色的蝴蝶結——這是個隱蔽的發條，每當擰緊它，這個可愛的木偶便會活起來，愉快而又深情的對花了許多精力來製造自己的主人，不斷說著三個字——我愛你。

它的主人是個四十多歲的單身木偶師傅，很有才華，但卻總是得不到賞識，導致至今依然得不到任何女子的青睞。

十年前，他還曾有過結婚的念頭，但當對方看到自己髒亂且又沒有任何值錢擺設的房間時，當即頭也不回的離開了。

從此後，這個可憐的木偶師傅便打消了結婚的念頭，一心一意關在自己的房間裡，做著自己夢想中的木偶。

終於有一天，他做出了纖兒，這個有生以來最好的傑作。他興奮的躺在破舊的單人床上，用雙手將這個取名為「織兒」的木偶，拿到眼前出神的看著，一遍又一遍的聽織兒對自己的告白。

織兒那雙木雕筆描的美麗雙眼就像有神一般，總是深情的望著自己，像是有著無限的愛意。

木偶師傅長長的嘆了一口氣道：「唉，織兒，如果妳有生命那該有多好！妳會嫁給我吧……」

木偶的臉似乎黯淡了下去，流露出了很惋惜的表情，就像在惋惜自己僅僅是個木偶，一個只會說三個字的木偶。

木偶師傅並沒有發現它的表情，只是又笑了笑，喃喃說道：「哈哈，我真是個傻瓜。其實有沒有妻子又怎麼樣呢？從今天起妳就是我的妻子了……一個相處了已經有五年的妻子。從我在二手木材市場選擇妳的身體開始，直到用刻刀慢慢在檀香木上雕繪出妳的軀幹，五年了，沒有人比我更瞭解妳，也沒有人比妳更瞭解我！」

他說著說著，將木偶放在了心口。

織兒依然幸福的對這個為自己付出了一切的人說著「我愛你」，義無反顧的說著，靠在他消瘦的胸膛上，暖暖的，直到背後的發條「喀」的一聲走到盡頭，這才極不情願的停了下來。

日子就這麼一天又一天平淡而無奇的過去了，這個木偶師傅越來越窮困潦倒，直到連基本的生活都再難以負荷。

「你已經拖欠半年的房租了，這個月再不交齊，我恐怕就要請你搬出去了。」一向和藹的房主又來找他了，木偶師傅唯唯諾諾的答應著，心裡卻一籌莫展。從兩個月前起，就再也沒有人找自己訂做木偶了，幹些別的？抱歉，自己除了製作木偶以外，什麼也不會幹。

「纖兒，妳說我該怎麼辦呢？我是不是真的那麼沒用？」他出神的看著木偶，最後苦笑道：「對不起，我幾乎忘了妳除了會說三個字以外，什麼也不會……」

纖兒的雙目中透露著憐惜與悲痛，似乎在痛恨自己的無能。

突然它向左邊一倒，從桌上掉了下去。

木偶師傅驚叫了一聲慌忙將它抱起來，檢查了一遍又一遍後，這才長長吐了口氣：「還好沒有事兒，如果妳也出了什麼意外，我……我就真的什麼也沒有了。」

忽然，他的眼睛不經意間在剛才木偶掉落的地方瞟到了些什麼。

是今天的報紙，上邊用很大的版面登著一則廣告：「木偶比賽，凡是對自己的作品有信心者均可參加。報名地址是……」

「太好了！我要的就是這個！」木偶師傅興奮的吻了纖兒一下：「妳一定可以拿第一的！我相信！獎金真豐厚，足夠我們付房租以及堆滿了一桌子的帳單了。」

他小心翼翼的帶著自己的木偶，懷著對未來的希望出了門。

屋外，陽光很刺眼，也特別的美麗。但他卻不知道，當自己毫無猶豫的跨出門時，一場將會延續數百年的悲劇，將從此時開始了……

楔子之二

如墨般濃黑的夜晚，豪宅靜靜的聳立在一片高大的杉樹林中。豪宅裡沒有絲毫光亮，畢竟已經到了凌晨，不論這個豪宅的主人還是裡邊的僕人，都已經沉沉的入睡了。

富翁獨自躺在一張大床上，用力的將四肢舒展開。對於有許多女人的自己，偶爾還是需要單獨一個人享受寂寞這種玩意兒的。

今天就是自己需要靜靜的一個人的日子，沒有那些女人七嘴八舌的聒噪吵鬧，世界彷彿頓時安靜了許多！

不知為何，今天的他特別煩躁。那種煩躁不安的感覺深深的盤踞在腦中，一直得不到發洩，因為這種感覺，他失眠了，即使吃了安眠藥也找不到絲毫睡意。

富翁索性從床上坐起身，隨手拿過一支雪茄大口抽起來。一亮一暗的微弱火光，在這間黑暗的房間中特別刺眼。

突然，一陣輕微的碰撞聲從臥室外傳來。

有小偷？富翁下意識的愣了愣，然後笑了，臉上堆積的肥肉因為笑而抽動，顯得十分難看。

他感到好笑，是因為他就是個十足的強盜，這個世界上還有誰比他更會偷、更會搶？在別人面前，他永遠都是個慈善家、大好人，殊不知，他捐獻的東西都是從那些腦子裡長滿塵土、看著他就感激得痛哭流涕的傢伙手中搶來的。

而那些人卻只會麻木的任自己強取豪奪，被自己壓榨光後，還會對他佩服得五體投地。

有些人天生就是賤命！他們的一生只有一個作用，就是用來作為自己這種偉人的墊腳石，為自己創造財富，被自己永遠的踩在腳下。

富翁笑著，從枕頭底下抽出手槍，輕輕打開臥室的門走了出去。居然有人膽敢在他這個大強盜的家裡班門弄斧，為了獎勵那人的勇氣，他決定親自賞他一顆子彈。

總之，今晚的他太過無聊了，或許找點刺激，殺個人後，自己會睡得更舒服！

富翁悄悄的走到走廊，肥胖得有些臃腫的寬大身體，走起來居然沒有發出太大的聲音。

「砰砰！」那個聲音又響起來，依然十分微弱，像是什麼東西落到了地上。富翁立刻判斷出那聲音來自自己的收藏室。

不知為何，他對人形的東西都有一種古怪的收藏癖，特別是木偶，或許是因為人不管有多愚蠢，終究還是會有自己的思想。但木偶不會，它們永遠都不會產生自己的意志，只能任自己擺佈，永遠都不會背叛自己。所以每次富翁玩弄他收藏的木偶，都會感覺心情變得十分寧靜。

那種寧靜是金錢、權力和女人都無法帶給他的。

發出聲音的那個收藏室，就是自己收藏木偶的地方，那裡放著各式各樣的木偶，而每個木偶的背後，都有一段十分美妙的故事，一段自己用盡各種卑鄙的手段，將它們從原先的主人手裡掠奪過來，據為己有的故事。

富翁緩緩的打開收藏室的門，舉起手槍，卻沒有發現小偷的人影，只有一個木偶安靜的躺在紅色的地毯上。富翁走過去將它撿起來，卻不由得皺起了眉頭。

這個木偶不是已經被自己扔掉了嗎？哪個僕人又將它撿了回來？不過也好，為了得到這個木偶，自己也算是煞費苦心。

富翁滿意的看著木偶那張被劃得滿是傷痕的臉，那是自己用刻刀一刀一刀狠狠刮上去的！因為這個木偶實在不乖，對著自己居然一點聲音也發不出來。

他突然感到一陣寒意，木偶那張在黑暗中顯得十分猙獰的臉似乎散發著怨恨，它的眼睛就像在盯著自己。

富翁打了個冷顫，他將木偶仍在地上，把腳用力的踩上去。木偶背後的發條「繃」的一聲斷掉了。

富翁愉悅的大笑起來：「瞪我啊，就算妳再怎麼瞪我也沒用，妳只是個木偶而已，就算我把妳摔得殘破不全，妳也不能把我怎麼樣！」

木偶靜靜的躺在地上，依舊用怨恨的眼神盯著富翁。

富翁開始不安起來，他一腳將那個木偶踢進房間的角落裡，然後轉過身慢慢的欣賞起自己那些精美絕倫的收藏品。

沉浸在黑暗裡的木偶是最美的。在黑暗裡，這些沒有生命的物體，總是帶著一種朦朧和神秘，富翁很享受這些視覺感受帶給自己的刺激。

這就像女人一樣，容貌絕麗、霞姿月韻的女人，天生就是男人的寵兒。她們穿白色的衣服顯得高貴，穿著黑色的衣服就是神秘，不過再美的女人也贏不了那些雕刻家手中刻出的木偶。

美麗的女人總有老的時候，木偶卻不會。

富翁突然有種衝動，他想為自己最寵愛的那幾個女人做一尊木偶，用她們的容貌做成的木偶，就算是她們老了、變醜了以後依然會陪伴自己，而且絕對不會違逆自己，不會背著自己去偷情。

人老了總會變得多疑，更何況是原本就很多疑的他。富翁打了個冷顫，什麼時候氣溫變得這麼冷了？他向四周看了看，所有的東西都安安靜靜的待在它們原來的地方，但不知為何，他總覺得這個房間裡有什麼不一樣了。

錯覺吧！

富翁搖搖頭準備走出房間，就在他的手要接觸門把時，所有的動作全都唐突的停頓下來。富翁猛地轉身點燃蠟燭台，然後死死的望著房間的某個角落。

不見了！被自己踢到那個角落的木偶，居然不見了！

富翁感到自己的心臟在瘋狂的跳動。他找遍了整個房間，始終沒有找出那個被自己丟掉後，又突然在收藏室裡出現的木偶。

難道是因為自己睡眠不足才產生了幻覺？富翁立刻找到了安慰自己的理由。有錢人總是可以很快的找到解釋自己行為的理由，而這個富翁顯然是個中高手。他用力的揉了揉太陽穴。

就在這時，蠟燭毫無預兆的全部熄滅了，還沒等他驚叫出聲，一股陰寒無比的目光凝固在他的背上。富翁頓時感到自己的全身都僵硬起來，身體在那股目光的怨恨中不受控制的顫抖著，不斷的顫抖，冷汗一滴接著一滴如泉般湧出來。

一道影子，比黑暗更黑更濃的影子慢慢的伸長，停在了富翁腳下。

「誰？是誰？」富翁用發顫的聲音問道：「你要錢還是要女人？只要你肯放過我，我可以統統都給你。」

黑影沒有說話，只是靜靜的在原地站著，拖曳出長長的影子。靜！如死的寂靜，隨著時間慢慢的在這充滿詭異氣氛的房間中流逝著。

不知過了多久，富翁終於忍不住了，他緩緩的回過頭望去。

頓時驚駭充斥了整個大腦，富翁瞪大眼睛死死的望著不遠處的地上，心臟不受控制的狂亂跳動，越跳越快、越跳越烈，幾乎要從胸膛中蹦了出來。

「我愛你……」

就在心臟快要爆開的瞬間，富翁終於聽到了一個冰冷的聲音，一個冰冷得有如從地獄深處傳出的聲音……

第一章 到來

北風刮得猛烈。

剛推開機場的旋轉門，一股冷風便吹了過來。

「呵，原來西雅圖的夏天也這麼涼快。」我推著行李車走出了候機室。

忘了介紹，我叫做夜不語。

如果正常的話，應該是個國三生了吧，但由於某種原因，我半是散心、半是被老爸逼著來到了美國。

這裡是西雅圖國際機場，處在西雅圖市的西郊，離波特蘭有四百多公里。

它的地理位置很奇特。

幾乎處在奧勒岡州與華盛頓州的交界處，位於美國本土西部最北端，是華盛頓州的最大城市，所以顯得特別出名。

我一邊帶著沉重、激動、嚴肅、認真、心痛的百味感情，心不在焉的向前走著，一邊在人群中找著那幾個人。

「小夜，在這裡！這裡！」一個女孩清亮的聲音響了起來。

我定睛一看，是個十五歲的妙齡少女，她穿著很新潮的超短套裙，短髮，樣子挺可愛的，可惜不是我喜歡的類型。

我應了一聲，但卻見那女孩一邊繼續叫著我的名字，一邊越過我朝我身後走去。

她抱住了我身後的一個帥哥，高興的說：「小夜，沒想到才幾年沒見，你就長得這麼高、這麼帥了。」

我哭笑不得的拉了拉她道：「喂，小嘉，我在這裡。」

她裝出迷惑的樣子看看我，又看了看抱著的帥哥，這才極不情願的放開手說：「哼，原來還是那麼個只高我幾公分的毛小子，我還以為有機會了呢！」

我不怒反笑道：「是！對不起啊，我還是那麼不起眼，真是有傷大雅。哼，妳這小妮子一點也沒變，只要一看到帥哥就會沾上去。」

這個傢伙叫遙嘉，是我父親的好朋友——遙叔叔的二女兒。在我記憶中，她是一個刁蠻任性的古怪女生，性格跟她姐姐比起來實在是差太多了。

「呵呵，你們倆的感情還是那麼好，這樣我就放心了。」遙阿姨笑著說。不知什麼時候，他們兩夫妻已經走了過來。

「媽媽的眼睛有問題！」遙嘉嚷道。

我毫不理會她，只是向外邊望了望，略微奇怪的問：「小潔姐姐呢？她怎麼沒來接我？」

遙叔叔很勉強的笑了笑，正要答話……

突然，遙阿姨眼睛一紅，險些哭了起來。她靠著遙叔叔，吃力的說著：「她……她不是不想來接你，只是去了個很遠的地方，一時還回不來。」

我很是奇怪，正欲問下去時，卻聽遙嘉跺了跺腳，咬著嘴唇大叫道：「媽！面對現實吧！姐，姐她……」那傢伙一改慣有的搞笑神色，變得十分嚴肅，光潔的臉微微抽顫著：「姐，她……已經死了！」

「小嘉！」

遙叔叔惱怒的吼了一聲，但已經晚了，話出時，頓時有兩個人倒了下去。遙阿姨暈了，而我卻不可置信的坐倒在地上，只感到全身乏力……

小潔姐姐死了？騙人的吧！

那麼溫柔，那麼可愛的女孩……

記得小時候，我常常對這個大自己兩歲的姐姐說，自己長大後一定要娶她做妻子，這時，她總會紅著臉，柔柔的輕聲說：「傻瓜，小夜還這麼小，以後一定會遇到許多比姐姐更好的女生吧。」

然後我便會說：「但我只喜歡小潔姐姐一個，永遠都是。」

小孩子的話雖然很多都是說過就忘了，但她卻一直都是自己的初戀，現在她突然死了，不在了！

哈！為什麼自己的命運總是這樣？雪盈是，遙潔也是……難道我愛上的女孩都不能長命嗎？

本來是一場快樂的相聚，就這樣不快的被陰雲籠罩了。

□

吃過飯，悶悶不樂的我獨自出門去散心。

繞出住宿區就是傑雨森大道，這是條很寬的公路，路上常有一些心情鬱悶、食慾不佳、心事重重的老傢伙們來散步。

而公路的盡頭有個不大的公園，很幽靜。據說穿過這公園後再走不遠，便是著名的赤色國道，那條國道一直可以通到溫哥華。

對了，從前遙叔叔一家一直都是住在加拿大的，直到一年以前才搬到美國來。而且聽說小潔姐姐的死也是在一年前，這是否有些關聯呢？

我並不認為他們是為了逃避痛苦才搬走的。

遙叔叔一家是那種會堅守著死去女兒的一切的人，要不然如果怕睹物生悲的話，那又何必特意在現在的房子裡騰出一個房間來，作為自己死去女兒的房間，還將一切都佈置得和她生前一樣呢？

那為什麼他們要搬？有哪種原因，可以令他們不得不放棄有著自己女兒回憶的房子，被迫來到了美國？人的好奇心還真是種無法評價的東西。我悲痛的心情頓時被這些疑問佔據了。

暮色濃了起來，夕陽的殘暉染黯了不遠處的樹林。我本來想借著如此美景打消一切煩惱的，但腦中卻突然又增加了一個疑問——

到底小潔姐姐是怎麼死的？

每當問到這個，那一家人總是支支吾吾，像有什麼隱秘，難道她的死有什麼見不得光的苦衷？

我用力搖搖頭，想將一切煩惱和疑問都甩開，但一分鐘後，我便知道自己不可能做到。就像我常常說過的一般，自己是個好奇心非常氾濫的人，為了滿足自己的好奇，就算丟掉性命也毫不在乎。

苦澀的一笑，我開始整理起這件事的頭緒，現在有兩個疑問，一是遙家為什麼要搬到美國？二是遙潔是怎麼死的？其實這兩個疑問的答案都很容易到手，只需要問那三個人中的其中一個。

不過遙叔叔的嘴一向都很緊，而問遙阿姨的話又會讓她再次傷心……那麼最有利的切入口就只剩下遙嘉了。

幸好那小妮子的口風向來不緊，應該可以套出些什麼，對，就那麼辦！

天色越來越暗了，我起身準備離開公園，突然聽到身旁的樹林中傳來一陣娑娑的聲響，接著一個女孩鑽了出來。

「你是遙家新來的客人吧？」她衝我問道。

我轉過頭打量了她一眼，卻不由震驚的呆住了。

多麼漂亮的女孩！

毫無疑問，她是個華裔的後代，有著黑色的披肩長髮，紅潤秀美的臉頰，極佳的身段，清純亮麗得就如草原上未經這個文明世界污染過的馨香空氣，而她那雙如麗月般的明眸，正注視著自己。

看我目不轉睛的盯著自己看，她不禁害羞的臉上一紅，嗔道：「原來總是掛在阿潔姐姐嘴邊的夜不語，是個大流氓。」

我回過神來，呵呵笑道：「如果我夜不語身旁每個認識的女孩都像妳一般可愛，那我寧願當流氓。」

她也笑了起來：「呸，油腔滑調，應該掌嘴。」

或許女人都喜歡別人稱讚自己美麗，她的語氣裡似乎並沒有惱怒的成分。

我頓了頓問道：「對了，妳怎麼認識我？」

話一出口我便後悔了，因為這犯了一個很大的邏輯性錯誤，既然她已經說過我的名字常掛在小潔姐姐的口中，那麼一定也就看過我的照片了。

她卻沒有回答我的愚蠢疑問，只是直接了當的說出來意：「我希望你可以不追問或調查一切有關阿潔姐姐的事。」

「……為什麼？」我的臉上笑意盡去。

「沒有為什麼，只是如果你還想活得長一些的話。」

「對不起，我不太懂妳的意思。這算是威脅嗎？」

「不，只是一個可愛女孩單純且善意的建議罷了。」

「那我是不是可以完全不去理會？」

「可以，如果你認為自己的命很長的話。」

一陣沉默，我倆靜靜站著對視著對方。

「我的命一向都很長。」我慢慢的說出了這句話。

她長長的嘆了一口氣：「果然像她說過的那樣，你根本就是個頑固的人，唉，真傷腦筋。」說完便自顧自的準備離去。

「喂！」我衝她的身後叫道：「妳都知道我的名字了，但卻不告訴我妳的，這似乎有欠公平吧！」

「我叫 Annie。」她回應了，但卻終究沒有回頭的離開了我的視野。

Annie？呵，還真是個古怪的可愛女生。

不過，為什麼她會知道我一定會去探究小潔姐姐的事？

在她的話中，似乎說明這件事的真相裡蘊藏著極大的危險，我感到自己的好奇心更加熾熱起來。

這件事我一定要去查個水落石出！

在回去的路上，我暗暗的下定了決心。

□

西雅圖的夏日總是很奇怪，當西邊天際的最後一絲火燒雲消失無蹤跡時，刺骨的寒冷也隨之產生了。

遙叔叔的新家坐落在西雅圖市北部的郊區，屋後便是綿延數百里的國家公園。

雖然風景優美，但人氣卻相應的少了很多，對於習慣了大城市那種嘈雜擁擠生活的人來說，不失是一種新鮮。

深夜了，想了很久的我，終於敲響了遙嘉的寢室。

「幹什麼，人家正在忙！」那傢伙很不情願的打開門。

一時間我呆住了，這小妮子竟然只披了一條浴巾。

「什麼呀，原來是小夜！怎麼，想夜襲我？」

「怎……怎麼可能！」我結結巴巴的答道，突然感覺面子一時有些掛不住。

「唉，真可惜。我還以為小夜突然開竅了。」她裝模作樣的嘆了口氣，隨手甩了瓶可樂給我，坐到床上。

「哈哈，其實是這樣的……」

我剛想開口，卻發現思路完全被她打亂掉，本來已經有了頭緒的誘導詢問方案，竟然變得千頭萬緒，如同亂麻般不知從何處問起。

「哈哈，打擾了，哈哈，我只是來道晚安而已，有個好夢。哈哈，我走了。」

沒有辦法之下，我唯有淺嘗輒止，不惹懷疑的借機溜掉。總之，只要不打草驚蛇，就還有的是時間！

「傻瓜！」

我打開門，正要走出去時，遙嘉突然從背後抱住了我，她的大胸脯緊緊壓著我的背脊，軟綿綿的，讓我禁不住渾身一顫，魂都飛掉了。

「小夜，你的想法我怎麼會猜不到。」她呼吸急促起來，將頭靠在我的肩膀上，如蘭的吐氣不斷哈在我的耳根上輕輕說：「你一定是在想那種事對吧！」

「哪、哪種事……」我更結巴了。

「哈哈，我可以告訴你，全都告訴你！不過……」她神秘的笑著，輕輕把我推出門，一邊小聲的對我說道：「明天晚上十一點在屋後等我，到時候我什麼都……哈哈，去睡吧！」

「天！西雅圖真好……」

我一邊揉著亂跳的胸口，一邊嘀咕著，完全忘掉了今晚的目的。

回到房間，鞋也不脫便倒在床上，上弦月的銀光從窗外射了進來，望出去，似乎風又大起來了。

我深深吐了口氣，充血的腦子也漸漸平靜了下來。

我是個很有自知之明的人，當然不會抱有太多不自量力的幻想，不過也真是嚇了一跳，那小妮子竟然色誘自己，真不知道她想玩什麼花樣！

小潔姐姐的死亡煙幕、遙嘉那傢伙的古怪行為，以及一個不知所謂的離奇女孩Annie，哈哈，看來這件事越來越有趣了。

第二章 降靈

第二天一早，我突然被一種感覺驚醒了。

天色朦朦朧朧的，望出窗外，風還是很大，似乎預兆著隨時會有突如其來的暴雨。

咦？似乎有一個影子正向屋後的森林移動著，看背影，似乎就是昨天遇到的那個女孩。好奇心作祟，我翻身起床，快速穿好衣服，翻出窗戶跟了過去。

我緊緊跟著她，但也不過分逼近。

這女孩進了森林，接著鑽入小路飛快前進著，似乎對周圍的環境非常熟悉。我不敢大意，一邊走，一邊在顯眼的樹的根部刻下箭頭，以免迷路。

走了大約半個小時左右，她竟然在我身前十多公尺處消失了！

天！真是沒有道理！雖然這裡的灌木很雜，但是也不應該這麼唐突的一下就變不見了，像施展了隱身法一般！

我著急的向前跑了幾步，接著突然停住，閃入旁邊的灌木叢裡。

好險，差些上當！活生生的人當然不會憑空消失，原因只有一個，便是高度差，那裡應該有個至少兩公尺高的斜坡，不但是個藏身的好地方，還可以出其不意的試探有沒有跟蹤者。

但是，數分鐘後，遠處還是沒有任何動靜。

「看來是我想多了。」

我撓撓頭，咕噥著走過去一看，頓時驚訝的呆住了！

這裡竟然是個直徑達三百多公尺的大圓坑，坑四周很圓滑，看不出是人工造成還是自然形成的。

最令人驚訝的是，圓坑中央有座非常大的教堂，樣貌極其老舊古怪，似乎許多年前曾經失過火，有一大半已經倒塌了。

那女孩為什麼一個人到這種連男人看到都感覺有些發寒的地方？是她的秘密基地，還是有某些宗教原因？

我大感有趣的走下去，正想打開教堂破舊的門查探一番，突然被一個硬物頂住了後背，接著有個冰冷的聲音響了起來，「為什麼跟蹤我？」

「Annie！哈、哈，我，我是夜不語，妳先把槍放下！」我認出了她的聲音，結結巴巴的打著哈哈。

「嘻嘻！什麼啊！原來是小夜，你電視劇看多了吧，沒想到一根木棒就能把你嚇成那樣，笑死人了！」

Annie笑著跳開，但漂亮的臉孔上神情卻有些不自然，準確的說是有些怪異。

我尷尬的陪笑了幾聲，一時找不到開場白。

沒想到她竟然主動開口了：「小夜，知道這裡是什麼地方嗎？」

「好像是個老教堂！」我看了看四周。

Annie 嘆了口氣說：「聽過赤色慘劇嗎？」

我點點頭道：「幾年前在電視新聞裡看過。似乎說，美國的珂巴尼斯教一千多人集體在一所教堂裡服毒自殺，並焚燒了教堂。啊！對了，就在赤色國道上，我來時還路過，教堂都已經重新修過了，還可以參觀！說是提醒美國人民不忘前事！」

「嗯，基本上是這樣。」Annie 點點頭，「可是你知不知道珂巴尼斯教的自殺人數，遠遠超過政府透露的一千三百人，不，正確的說，應該是五千七百三十人！」

「什麼！」我一愣，突然震驚的站了起來，不由得再次向身旁的教堂望去！

「沒錯！」Annie 黯然道：「這裡就是珂巴尼斯教另一個政府沒有公開的自殺場所，剩餘的四千四百三十人的葬身地！」

「妳……嗯，為什麼要告訴我這些？」我打了個冷顫，只感到背脊也涼起來。

Annie 沒有回答，只是悠然地望著這個廢墟，嘴裡輕輕的吐出了這麼幾句，「好強烈啊！這裡的靈壓。它再也受不起任何和靈異有關的活動了……」

夜降臨了。十一點整，我依照約定等在屋後。

「噓，好險，差一點脫不了身！」遙嘉這小妮子，穿了一件不太合身的白色連衣裙，一邊抱怨，一邊拉過我的手說：「好了，跟我走。先聲明，那段路有些可怕哦，你可不要哭！」

「我又不像妳這麼膽小！」我呸了一聲，隨口道：「沒想到妳也會買這麼保守的連衣裙！」

「什麼啊！這是姐姐的！」她看了看四周，確定了個方向走過去。

「我們要上哪兒去？」我疑惑的問。

「是招靈會啊！你不是也想知道姐姐的真正死因嗎？我請了幾個會些招數的朋友，招姐姐的靈魂回來問問！」

「啊！妳竟然也不知道真正的原因？！」我吃了一驚。

她深深的看著我，苦澀的搖搖頭。

「……不過，這樣有用嗎？」我又問道。

「在那個地方很靈的！相信我，一定可以。只要是那個地方！」

「噢！是哪裡這麼厲害？！」

「附近的一間破教堂！在那裡舉行降靈儀式百試百靈！」

「什麼？」我大叫一聲，全身僵硬的停住了腳步。

那座教堂興建於一百三十七年前，至於為什麼會在這麼偏僻的地方興建，圖書館裡並沒有任何記載，只有提到之前這裡曾經是個富翁的私人土地，富翁在某一天突然暴斃，俄納克鎮的鎮民便在這個富翁的豪宅舊址上，建起了這間奇形怪狀的教堂。

以上便是和 Annie 分開後，我到鎮裡的圖書館，查到的有關這所教堂的全部資料。

乍看之下，似乎沒有什麼可疑的地方，但只要想想，卻又感到迷霧重重，為什麼教堂一定要興建在豪宅上？難道是那裡有什麼不乾淨的東西？聯想開來，隱隱覺得富翁的死亡也變得詭異起來。

不知為何，這座教堂總給我一種壓抑感，似乎有什麼東西生存在它的體內，隨時都會破體而出似的！

所以，當我聽遙嘉說要在那裡舉行一場招靈會，不由得失神大叫了一聲。

遙嘉飛快的捂住我的嘴，低聲責備道：「幹什麼！害怕的話一個人回去好了！」

「不，我當然不會害怕！只是——」

「噓！只剩下半個小時了！有話到了那裡再說。快點走吧！」她打斷我的話，急急忙忙的向前走去。

沒過多久，那個橢圓形的大坑就出現在我們眼前。

原來早晨跟蹤 Annie 時，她竟然故意繞了遠路！唉！那個古怪的女孩，真不知道她是什麼來歷，似乎知道很多不為人所知的事情……

不知為何，每當我一想到她時，總恨得牙癢癢的，有種要將她所有的一切都挖掘出來的迫切期望！

「Jone，人都到齊了嗎？」遙嘉輕輕叫了一聲。

我回過神來，聽到左邊的灌木叢中傳來一陣窸窣的聲音，接著有個十五、六歲的男孩鑽了出來。

「都到了，就等妳了。」Jone說著，打量起我，哈哈笑了兩聲，友好的伸出手道：「聽說中國的男人都會功夫，這是真的嗎？」

「哈哈，對，法律規定的。」

我笑著和他握了握手。

遙嘉笑得腰都彎下了，笑　道：「Jone，別聽這傢伙胡說八道，他只會一樣功夫，就是吹牛皮。」

夜色很沉。黑色的天幕上無星無月，在這種吞噬一切的黑暗襯托下，破舊的教堂更是有種震撼人心的恐怖感！

推開教堂破舊的大門，一間很大的主廳頓時展現在眼前。主廳裡的桌椅已經被挪開了，中央露出了個三十多平方公尺的空地。

有二十幾個人正忙碌著，有的在地上畫東西，有的急忙在四周點上蠟燭。好昏暗的地方！我揉了揉眼睛，當看清地上畫著的是什麼東西時，一時呆住了！

「阿不珂盧斯驅魔陣！」我指著地上的東西驚訝的失聲叫道：「你們竟然會這種東西！」

「我不是早說過了嗎？」遙嘉不滿的撇撇嘴。

離她不遠的男孩驚異的看了我一眼，向我伸出手道：「我是Jame，西雅圖中學靈異社的社長。哈哈，沒想到來自遙遠的東方的朋友，竟然可以叫出這種特殊的五芒星陣的名字！」

「什麼！這真的是阿不珂盧斯驅魔陣？」

我像傻瓜般呆呆的看著這東西，一時間什麼話也說不出來了。

阿不珂盧斯這個名字，起源於歐洲神話，他原本是力量和欲望的大天使，可是因為體內不斷膨脹的欲望而背叛了主，更想取主而代之，但這個陰謀正要實行時，卻被主發現了，於是他用血畫出了一幅圖形，打開了天界通往魔界的大門，他成功逃到了魔界。

後來這個圖形就被人們稱為阿不珂盧斯驅魔陣，更因為它在傳說中有打開人魔神三界的能力，而被人歸為了五芒星陣的一種！

「這是個神奇的魔法陣，只要有那個人生前使用過的東西，還有個與他有血緣關係的人，就可以召喚出他的亡靈。很有趣吧！我們西雅圖中學靈異社已經研究它好幾代了！」Jame狂熱的看著魔法陣。

「別開玩笑了！你們知道這是什麼地方嗎？！」我甩開他的手吼道。因為自身的關係，我曾經查找過許多有關靈異方面的書籍，當然對這種魔法陣的屬性亦有所耳聞了。

據說，它只在高靈壓的地方才會有效果，但很忌諱在有亡靈的地方使用。傳聞說它會使亡靈聚集起來，招來厄運，甚至令人有生命危險！

如果 Annie 的話是真的，那麼這裡就至少枉死過四千四百三十人！這麼恐怖的數字，會引來什麼後果？即使我擁有那麼強烈的好奇心，也沒有一絲想知道的欲望！

「對照書上的記載，我可以判斷這裡的靈壓非常高，很適合這種大型魔法陣的施展。」Jame 的眼神中滿是癡迷。

「我並不是指這些，我是在問你知不知道這裡是哪裡？它的歷史背景？還有這裡究竟有沒有死過人！」我吼叫著，神情有些失態！

Jame 不解的望著我，突然渾身一震。

「啊！你的意思是說這裡之所以靈壓高，是因為有冤魂殘留著？」他呆了呆，猛地轉過身叫道：「快把蠟燭滅掉，還有地上的魔法圖！快！用腳把它擦掉……糟糕！已經來不及了！」

他看看錶，就在這時，從魔法陣裡射出了一陣強烈的光線。光線強烈卻並不刺眼，如霧一般縹緲，但是卻令人感到非常的寒冷。

所有人都嚇呆了。

光線瀰漫了整個主廳，它縈繞向每個人，似乎在尋找什麼東西。我們在光線裡全身僵硬起來……感覺上大概過了一個世紀，這如有生命的光線就像決定了什麼，一起向遙嘉籠罩過去。

「不要！」

她嚇得大叫起來，全身卻又偏偏不能動彈分毫！

「Jame！這個魔法陣應該有結陣的咒語吧！快把它唸出來！」我用眼睛瞄了瞄Jame叫道。

「啊！有！有！有！我差點忘了！」Jame慌慌張張的從嘴裡吐出幾個古語單詞：「穿過今天與明天的交界，汝將獲得重生。」

阿不珂盧斯驅魔陣中射出的光芒，立刻唐突的消失了，但所有的人依舊心驚膽寒的站著，臉上不停的流著冷汗。

「結束了吧……」遙嘉心有餘悸的說。

「早知道就不在這裡做了！」Jame搖搖頭，剛無力的坐下來，突然像想起什麼似的，大叫著從地上一彈而起。

「哈哈……」Jame苦笑著衝我們道：「我想告訴大家一個不太好的消息，嘿，我似乎把開始咒語錯當作結陣咒語唸出來了……」

眾人無語，一陣寂靜。

「快！大家俯下！」我大叫一聲，飛快向遙嘉撲過去。

轟的一聲，魔法陣裡的光芒猶如火山爆發一般，滔滔不絕的湧了出來。

我剛將遙嘉壓在身下，就覺得身後有什麼逼了過來，接著腦中便一片空白了……

□

「早安！」

當我醒來時，遙嘉這傢伙正躺在我懷裡，不慍不火的向我道早安。

「啊！妳沒事！太好了！」我歡快的道。

「早安！」

這小妮子用大眼睛奇怪的打量著我，聲音依舊是不慍不火。

「妳怎麼了，樣子好奇怪，是不是昨天……啊！」我掃視了一下四周，不由得渾身一震。

這、這裡竟然是我的臥室！我竟然和這傢伙躺在自己的床上！看天色，的確已經亮了，大概已是九點過的樣子。難道自己足足昏迷了至少八個小時？

「是妳把我搬回來的？」等冷靜了下來，我問道。

「哼！不懂你在說什麼！人家好心好意的來叫你起床，卻被你一把抱住死都不放。喂！你佔我便宜該怎麼算帳！」遙嘉滿臉委屈的說。

「先別管這個，昨天的事情後來怎麼樣了？」我急迫的問。

「你這個傢伙竟然好意思說！」她用力在我手臂上擰了一把，「人家約了你十一點在屋後等，你竟然敢爽約，害得我也沒有去，還感冒了！」

我一時間迷惑起來。

怎麼……難道昨晚發生的事情，只不過是南柯一夢？

不會吧，在記憶裡一切都那麼的真實，我甚至可以回憶起每一個細節。

是夢？如果真的是的話，嘿，也真算個太離奇又太無聊的怪夢了。

「喂，臭小夜，想佔人家的便宜佔多久，再摟著我可要收費了！」遙嘉嗔道。

我從思考中驚醒過來，這才發現她那暖暖的柔軟身體，正被自己緊緊的抱著。我驚叫一聲，連忙放開她，臉不由得紅了起來。

遙嘉噗哧一聲笑起來，罵道：「真討厭，受害者應該是我吧，為什麼你卻做出一副楚楚可憐的樣子，嘻嘻，不過倒滿可愛的！」她惡作劇般將臉湊過來說：「嘿嘿，小夜，要不要來個早晨之吻？」

「別……別開玩笑了！」我慌忙坐起身來。

「唉，原來小夜這麼討厭和人家接吻！」她裝作受傷了般凶神惡煞的說：「太讓我傷心了。本來人家好心叫你起床吃早飯的！唉，算了……我還是傷心的離開吧……嗚！人家都要哭了。」

她轉過身時，我突然在她身上看到了一樣東西。

「喂！妳頭髮裡怎麼有片葉子。」我順手把它拿了下來。

「噢。可能是早晨晨跑時黏在身上的。」遙嘉毫不在意的答道。

我仔細的打量著這片葉子後，抬起頭唐突的問道：「小嘉，昨天妳約我出去，是想要我和妳一起參加一場召喚小潔姐姐的亡靈的儀式吧。」

「啊！你怎麼知道？！」遙嘉驚訝的望著我。

「妳請的是不是西雅圖中學靈異社的人，其中有兩個叫 Jone 和 Jame？」

「怎……怎麼你連這個也知道！」她變色道：「你不會是有預知未來的能力吧！」

原來如此！我把今早的一切疑問都想通了。不是夢！昨晚經歷的一切都不是夢，證據就是這片葉子。

這是一片杉木的殘葉，雖然美國的北部杉木很普遍，可是據我觀察，這個小鎮上，有杉木樹林的就只有舊教堂附近了。

這說明我們昨晚的的確確在那個地方舉行過召靈儀式，可是遙嘉卻因為某種原因，而記憶混亂了。或許西雅圖中學靈異社的所有成員也都是這樣了吧……奇怪！為什麼我沒有受到影響？

還有，儀式顯然成功了，但我們到底召喚出了什麼東西？以後會有什麼事情發生呢？還是什麼也不會發生？

許多疑問不斷的湧入我的腦內，脹得頭也痛起來，直覺告訴我，這件事並不會這麼簡單便偃旗息鼓的。

我邊走邊想，才剛踏進大廳，大廳的電話就焦急的響了起來。

「喂喂，這裡是遙家。」

遙嘉拿起電話聽了一會兒，突然呆住了，話筒從她的手裡滑落到地上。

「怎麼了？」眼看不對，我急忙衝了出去。

「他……死了！」她撲進我的懷裡大聲哭起來。

「冷靜一點，是誰死了？」我輕輕拍著她問道。

「是Davy！他是你剛才說過的西雅圖中學靈異社的一員，是我最好的朋友！」她抽泣道。

「什麼！」我猛地緊抓她，不敢置信的叫出聲來。

來了，這就是召喚出來的某種東西給予我們的詛咒嗎？

還是這僅僅只是一個序幕……

□

不知哪個哲人說過，人類總是懼怕死亡，以至於與死亡有關的一切，也都蒙上了一層神秘的陰影。

但我總認為，死亡的本身便有一種力量，這種力量會影響相關聯的一切，所以也就自然而然的對 Davy 的暴斃充滿了遐想。

「根據法醫判定，Davy 是死於突發性心肌梗塞。」Jame 翻了翻筆記本說。

「心肌梗塞？」遙嘉疑惑的看了看我。

「心肌梗塞，是指冠狀動脈的血流中斷，使相應的心肌出現嚴重而持久的急性缺血，最終導致心肌的缺血性壞死。它的致病因素大多是冠心病。」我解釋道。

「我不是這個意思，而是因為我從沒有聽 Davy 提起過，自己有任何心肌梗塞的病徵啊。」遙嘉皺皺眉頭。

「嗯，打擾一下，這位是？」Jame 指了指我問。

「嗨，又見面了。」我向他伸出手。

「我們見過？」Jame 大惑不解。

「我知道你們的很多事，比如阿不珂盧斯驅魔陣等等。」我用眼睛逼視著他，臉上卻帶著微笑。

「啊！你怎麼知道我們在研究這個魔法陣？」他驚訝的望了望遙嘉，隨即搖頭道：「不！我也從來沒有告訴過她。但……但你是從哪裡知道我們研究這個魔法陣的消息？」

阿不珂盧斯驅魔陣，在歐洲神話裡一直是代表著邪惡，它是五芒星陣中的禁陣，以至於在中世紀，研究它的人也會被教廷判罪為異教徒，所以研究者非到不得已，一般不會暴露自己的研究，而且這個習慣一直延續了下來，甚至成為魔法陣內力量來源的一種。

傳到美洲時，竟然變形成為如果讓參與魔法陣之外的人，知道了自己在研究它，魔法陣就會失去所有的效力。

Jame當然相信自己社團的保密性，所以被我乍然叫出名字，不由得驚惶失措起來。

「你忘了？是你親口告訴我的。昨晚你們社團不是被邀請去召喚遙嘉姐姐的亡靈嗎？」我道。

「可……可是遙嘉並沒有來，所以我們一到十二點就回去了！」Jame被我的氣勢逼了下去，語氣裡自信嚴重不足。

遙嘉似乎也從我倆的對話裡感覺到了什麼，開始不安起來。

「不，我們沒有爽約，你們也沒有回去，魔法陣……已經啟動了！」

「不可能！」他們兩個難以置信的驚叫起來。

「我的語法沒有錯誤！」我頓了頓道：「你們不覺得自己的記憶有很多矛盾之處嗎？從沒有患心臟病徵兆的 Davy，為什麼會死於突發性心肌梗塞？這不令人感到奇怪嗎？或許，昨晚我們的的確確召喚出了某種東西，而除我外的所有人，都被那個我們召喚出來的某種東西洗腦了！」

Jame 和遙嘉同時打了個冷顫，叫道：「不……不可能！」

「是嗎？Jame！叫齊所有昨晚參加的人，我會讓你們看到證據的，已經召喚過的證據。」我冷冷的道：「如果我沒有想錯的話，那裡應該還殘留著證據！」

第三章 謎中謎

回到那座教堂，已經是當天的下午。

天上下著淅瀝小雨，風卻猛得要人命。除了死掉的Davy外，遙嘉、西雅圖中學靈異社的其餘二十六個成員和我，都在破舊的大教堂裡集合。

Jame一聲不響的檢查著大教堂裡的東西，轉眼間變得一臉死色，額頭上不斷冒出違反季節的冷汗。

「從種種跡象看來……我們的確是有進行過那個儀式。」過了好久，他才喃喃的說。

「不可能，我們明明在十二點以前就已經回家了！」有個會員說。

Jame已經懶得回答，隨手撿了一根用了一大半的蠟燭丟給他。

「我們十一點到，然後就點燃了蠟燭，這個東西根本不能證明什麼！」那會員固執的說。

Jame哼了一聲，道：「Mark，請你用用腦子，算算那根蠟燭燃燒的時間！」

「Jame是對的。一般的蠟燭只能燃燒一個半小時，而我們社團的蠟燭是特製的，是至少可以燃燒三個小時以上的錮蠟。看看它現在的長度……」Jone吸了口氣解釋道：

「至少也是燃燒了近兩個小時。在我們的記憶裡，在這裡待了不到一個小時就回去了對吧，但是為什麼蠟燭會燒了兩個小時之久？唯一的解釋，就是我們留在這裡到將近一點，而腦子裡有關十二點以後的記憶，都被某種東西扭曲了！」

「怎……怎麼會這樣！」

在事實面前，Mark 和其餘的社員不約而同的打了個寒顫。

「現在最重要的是，要儘快瞭解 Day 的真正死因。比如他昨天有什麼反常，或者在晚上的降靈儀式上，有沒有任何奇怪的表現！」一直沒有吭聲的我說道。

「你……你是說，Day 並不是死於突發性心肌梗塞？」那些沒有經歷過風雨的靈異社會員大驚失色。

Jame 正要發話，被我從身後捏了一把，在他沒說話前搖搖頭道：「我們當然要相信驗屍官的話了，但是也不排除有可能是死於別種特殊的原因，所以我們才要調查。」

我十分清楚，這群只由興趣聚集在一起的烏合之眾的膽量，如果過分刺激他們的話，一定會造成一哄而散的局面，而現在是最需要人的時候，絕不允許有任何人退出。

「別……別開玩笑！如果 Day 不是死於心肌梗塞的話，對方就有可能是人類未知的東西！我們怎麼可能與那種怪物作對！」

沒想到我儘量委婉的詞彙，還是超出了這些會員心理的承受能力，他們紛紛嚷著要退社，向出口走去，也不管 Jame 和 Jone 苦口婆心的解釋。

「喂，你也去勸呀！禍都是從你嘴裡闖出來的！」遙嘉推了推我，不滿的說。

我淡淡笑了笑，故意高聲道：「沒關係，讓他們走好了。一個星期後，說不定我們都會死個精光呢！嘿嘿，不知情或許還幸福一點！」

頓時，阻攔的和往外闖的人，都在我的話聲落下時同時停止了動作。

「你……你剛才說的話是什麼意思？」有個會員沉聲問道。

我只是嘿嘿笑了笑，沒有回答。

這當然不是在吊他們的胃口，那句話我只是隨口說說而已，現在只得拚命去找些說服他們的藉口了。

「說！快說！到底為什麼？」

眾人紛紛湧了上來，神情焦急，即使是Jame和Jone也好奇的想知道，為什麼我會這麼說而靠了過來。

「不要著急嘛，先坐下，讓我問你們幾個問題，你們再好好想想其中的關聯。這很重要！」我不疾不徐的說，心裡盤算著既然用隱晦的方法得不到效果，就乾脆把事情誇大好了，「第一，你們有人……哪怕一次，聽Davy說過自己的心臟不好……之類的話嗎？第二，降靈儀式顯然成功了，可我們到底召喚出了什麼？第三，為什麼Davy會在降靈儀式的第二天就死掉，難道這僅僅只是個巧合？第四，如果碰巧它不是巧合，那麼……」

正說著，突然一道靈光劃過了腦際，是個忽然而至的結論，這個可怕的結論，讓我禁不住打了個冷顫。

對了，如果 Davy 的死亡並不是巧合，而且他也沒有做過任何和我們不同的事，而僅僅是那個東西對昨晚的報復，只是他倒楣的成為第一個洩憤的對象而已，那麼我們每一個人，就都有死掉的可能了……

我儘量平靜的將這個驚人的結論說出，四周頓時變得一片寂靜，即使最愛鬧的遙嘉，也許久沒有說話。

「所以我認為，我們現在必須動用所有的力量、關係，以及精力，去調查 Davy 的死是不是只是偶然。」我頓了一頓又道：「不然每天都要寢食難安的過日子，這實在比死還痛苦。對吧，至少我會這樣！」

「……」

就這樣，在我這一番略帶威脅的引導和打動下，所有遲鈍與不遲鈍的社員，都明白了這是個生死攸關的重大事情。

於是，我們在有共同的利益這個大前提下，達成了個協定——

所有人同心協力，不論用任何手段，儘快查出那晚召喚出的是什麼東西，並將那東西儘快送回去。

「哈哈，小夜，你真行！三言兩語就把他們玩弄在股掌之中，真好笑！」遙嘉喜笑顏開的看了看身旁的Jame和Jone，用國語對我說：「看來以後我都不能小看你了！」

「我只是陳述事實而已。而且他們並不是被我打動，而是怕小命不保。」我淡淡的說著，眼睛不斷的打量著四周。

這裡是西雅圖中學的舊校舍，我被Jame等人邀請來商量這件事的疑點。從樓內地面的乾淨程度判斷，這裡還是有相當多的人流出入，看來把這裡用作社團基地的在校社團，不只靈異社一家。不過靈異社倒是獨佔了三樓一整層。

「這裡是收藏室，也是我的辦公室。一般是不准社員以外的人進入的，不過你當然例外！」Jame說著推開了一扇房門，我心不在焉的跟進去，隨即便被眼前的景象嚇了一大跳，像傻子般的呆愣住。

在那個一百多平方公尺的房間裡，幾乎每一寸地方，都密密麻麻的貼著與魔法陣有關的東西。我粗略的計算了一下，一百七十三種五芒星降魔陣，這裡至少收集了九十多種，其中有十六種竟然還是收藏家夢寐以求的禁陣。

「嘿嘿，嚇了一跳吧。每個稍微知道一些五芒星的人，一到這裡都會這樣，你現在的表情算很好的了。」Jame不無得意的說。

「真是一筆龐大的寶藏！」我讚嘆道，一邊緩慢的在房內兜起圈子，欣賞著這些難得的魔法陣圖、咒語，以及它們的歷史資料，最後在一道破門前停了下來。

「這裡邊又是什麼？」我好奇的問。

「有眼光！這裡邊收藏著歷代社員在靈壓特別高的地方收集到的物品。要進去看看嗎？」Jone答道。

「嗯，如果方便的話。」我大有興趣的說。

Jame笑了笑，從抽屜裡拿出一把鑰匙將門打開，一個滿是兩公尺高的玻璃抽屜櫃的大房間，頓時展現在眼前。

這個房間更像是個小型的圖書館，只是架子上擺的不是書，而是一些破舊的物品，物品前的玻璃窗上，貼著收集的時間和號碼。

我看了幾眼，便禁不住露出失望的表情。

說實話，這些被珍而重之收藏起來的東西，或許它們有價值，但是它們的價值卻遠遠沒有上一個房間的大。它們實在是太普通了，普通到隨處都可以見到。

比如第三個抽屜裡的，竟然是一塊拳頭大小的鵝卵石；而第九個裡的，是一根生了厚鏽的鐵釘！

Jame和Jone完全沒有發現我的表情，口沫橫飛的向我們介紹這些東西的來歷和歷史，大肆讚揚歷代以來會員們無私的貢獻。我和遙嘉苦苦的相視一笑，無奈的跟在他們的身後，梭巡在十幾個櫃子之間。

「總算要結束了！」我抹了抹額頭上的汗水，苦笑道。眼睛在他們的指引下放到了最後一個櫃子上，突然，一個東西映入眼簾，立刻將我所有的注意力全搶了過去。

我的臉色頓時變得慘白，就像見到了人類可以想像出來的最可怕的東西！

「你怎麼了？」遙嘉奇怪的推了推我，見我不理會，便隨著我的眼神望了過去。頓時，她也感染了和我同樣的驚訝，同樣的表情。

那是什麼？

在別人眼裡，它只不過是個別在女性胸前的普通紅寶石別針。它是中國製造的，甚至在中國隨便一間珠寶商店裡都可以買到，這種東西在美國這個不為人知的靈異社的收藏室裡出現，也並不是讓人驚訝的地方。讓我和遙嘉浮現出那種表情的原因，是這個別針曾經的主人。

沒錯，它的主人是我！

兩年前，我在老爸的公司打工，用一個月辛辛苦苦掙來的薪水買下了它，並寄給了某個人作為她的生日禮物。而現在，它竟然會以這樣的形式重新出現在我的眼前！

Jame 和 Jone 傻呆呆的看著我和遙嘉陰晴不定的蒼白臉色，不知道發生了什麼事。

我突然大叫一聲，用力抓住 Jame 的肩膀，瘋了般衝他喊道：「在哪裡找到的？這個別針，你們是在哪裡找到的？！」

Jame和Jone不知所措的看著我，過了好一會兒，Jone才怯生生的答道：「這是我在三個月前找到的。」

「在哪裡？」我用幾乎發狂的紅眼睛盯著他，不依不饒的問。

「是……是在……在昨天我們進行降靈會的那間教堂……」

「什麼！」我和遙嘉同時發出了人類有史以來分貝最高的驚叫聲！

Jame不解的望著我們，細聲問：「這……這個別針有問題嗎？」

「你知道這個別針的主人是誰嗎？」我用近乎恐怖的眼神逼視他，一字一字的從嘴裡吐出了這樣的幾個詞：「是小潔姐姐，昨晚你們準備召喚的冤魂！」

「什麼！」

從他們嗓子裡發出的尖叫聲，超過了人類嗓音的極限。

□

世事總是很難以預料，原本我是在追查小潔姐姐的真正死因，卻被捲進了遙嘉和西雅圖中學靈異社合作為小潔姐姐招靈的降靈儀式中，因為許多偶然因素，研究社不小心從那座死過四千四百三十人的教堂裡，召喚出了某種未知的東西，於是我又開始調查起那個東西來。

雖然有過很多的設想，卻從沒有將這兩件事聯繫在一起過。可是在這個知道的人幾乎不超過三十個的地方，偶然發現了小潔姐姐的東西，這樣怎麼會不讓人吃驚？沒想到兩件幾乎沒有關聯的事情，卻有著千絲萬縷的聯繫，讓我的調查又重新回到了起點！

「現在我想瞭解幾件事情。」驚魂未定的四個人坐在Jone所謂的辦公室裡，滿臉蒼白。

我看著掌心裡的紅寶石別針，一邊用手輕輕摩擦，一邊說道：「第一，遙嘉，我想知道你們現在所住著的房子的情況。」

「啊！」其他三個人同時不解的看著我，我沒有理會，只是催促著她快說。

這小妮子只好滿帶疑惑的道：「這間房子是爸爸十年前買的，我們每到夏天就到這裡度假，大約會玩上一個多月……姐姐出事後，我們才搬到這裡長住。」

「嗯，原來是這樣……」我大概猜出了一些情況，繼續問道：「但遙叔叔和遙阿姨對外宣稱小潔姐姐是出車禍才……才出事的。為什麼妳不信，難道她在出事之前有什麼古怪？」

「其實也沒有什麼，只是每次提到姐姐的死，父母總是支支吾吾的，像有什麼事瞞著我。但我又沒有辦法調查，然後想起自己的社團，從前在教堂裡舉行過幾次招靈儀式，幾乎是百試百靈，所以才請社長幫我召喚姐姐的亡靈，但是姐姐出事前……」

遙嘉那小妮子用手撐著頭，苦惱的回憶著，突然她眼睛一亮，激動的說：「對了！姐姐每次到這裡度假，總是會在某天不明不白的失蹤半天，有一次我還半開玩笑的跟蹤她，可是卻在森林裡迷路了。

「父母只認為她是有什麼私人原因，也沒怎麼在意，可是姐姐出事前的一個月，我們照例來這裡度假，因為一些原因，我們已經有四年多沒有來過了。而姐姐也照例失蹤了半天，但她回來時，竟然像見到鬼了般滿臉蒼白，一個勁嚷著要回加拿大。父母當然不同意，於是她一個人賭氣先回去了……」

遙嘉又想了想道：「還有，我隱隱記得，那時她的手提包裡脹鼓鼓的，像塞了什麼東西。我們回家後，就覺得她變得很奇怪，接著就發生了那場車禍。」

原來這小妮子也是西雅圖中學靈異社的社員。

我暗暗將遙嘉提供的資料在腦子裡過濾了一遍，卻亂糟糟的，理不出個所以然。

「那個提包裡到底裝的是什麼？妳那之後有沒有問過小潔姐姐？」不知為何，我隱隱感覺那個東西是這個事件的重要線索。

「當然問過，但姐姐總是不回答，還以一種奇怪的眼神看著我。那種眼神好可怕……所以我再也不敢問了！」

「哈哈，原來天不怕地不怕的小遙，也會怕姐姐。嘿嘿，這可是大新聞！」Jone

為了打破這種沉重的氣氛，調笑道，但見沒人理會他，只好自己乾笑了幾聲。

我微微想了想，說道：「你們知不知道我們舉行招靈儀式的那個教堂，以前是什麼地方？」

Jame道：「聽說是個富翁的宅邸。」

我嗯了一聲轉向Jone，問道：「Jone，你可不可以帶著社員調查兩件事？」

Jone爽快的點點頭，隨即問：「哪兩件？」

「第一是查查那個富翁的底細和他暴斃的原因。第二嘛，就是調查為什麼那裡一定要改建成教堂！」

「那麼我呢？讓我幹些什麼？」Jame問道，看樣子他不願閒著。

「你、我還有遙嘉，我們三個立刻到加拿大去一趟。」

「什麼！」這三個人不解其意的驚叫起來。

涼風從窗外吹了進來，雖然還是仲夏，但卻已經有一絲初秋的影子了。

我微微轉動裝滿疑問的頭望向窗外，從我的眼神射去四百公里的遠處，那裡就是美國的鄰國盟友加拿大。

希望那裡會有所有疑問的答案吧！

第四章　海鷗的故事

黃昏的風淒慘的呼嘯著，我坐在車裡望著窗外不斷變化的景色，心裡卻是別一種心情。這件事的謎團太多了，多得我實在無法揣測像是真相的東西。

「為什麼你想查教堂的過去？」實在憋不住心裡的疑惑，遙嘉推了推我，打斷了我的思考。

正在開車的 Jame 立刻來了精神，急叫道：「對呀！難道你發現了什麼？」

「嗯……不知道你們聽過這麼一個考題沒有，是某所世界知名的大學，某一年的對外試題之一。」我沒有正面回答他們的疑問，依舊看著窗外，淡淡的說：「試題講述了一個男人來到一座島，那島是個旅遊聖地。

「男人偶然吃下了一塊海鷗肉，然後他殺掉了自己的同伴，悲痛欲絕的自殺了。接著試題便問，那個男人為什麼要自殺……」

「這和那間教堂有什麼關係了？」遙嘉不滿的撇撇嘴。

我笑了笑說：「總之無聊，我們就來玩玩這個遊戲好了。你們猜測他自殺的原因，我只回答對與不對，為了降低難度，我會在一些特殊的問題上給予你們一些提示。」

「有趣！」Jame 興致勃勃的說：「是海鷗肉有什麼問題嗎？」

我說：「不是。」

「那一定是旅遊勝地有問題。」遙嘉做出肯定的表情說。

「不是。」我搖搖頭。

「他得了絕症？」

「不是。」

「他原本就想自殺？」

「哈哈，不是。」

「……」

十分鐘後，在他們奇想百出的猜測中，我的脖子終於開始痠痛起來。

「什麼嘛！該不是那傢伙因為海鷗肉太難吃了，以至於吃下去後悔的自殺了。」

遙嘉喃喃的說道，最後自己也噗哧一聲笑起來。

Jame 腦中一動，突然問道：「那個旅遊勝地從前是什麼樣的地方？」

我帶著讚賞的眼神看了他一眼道：「從前是一個荒島。」

「那……他從前去過那個荒島？」Jame 急切的問。

「是。」

「有幾個人？」

「三個。」

「是不是兩男一女？」

「是。」

「啊……」Jame 全身一震，激動得險些站起來。

「你猜出來了？」我笑著問。

他回過頭來看了我一眼，緩緩的點了點頭。

遙嘉迷惑不解的聽著我和 Jame 的一陣快答，很惱怒的問道：「你們在說什麼，我都聽不懂。小夜，答案是什麼？告訴人家嘛！」

我伸了個懶腰，深深的看了她一眼，開始道出那個試題的標準答案：

「其實在那個荒島還沒有成為旅遊勝地以前，那個男人與他的好友和情人，因為海難而被困在了那個荒島上。因為沒有任何食物，他們三個忍饑挨餓、苟延殘喘的生存著。某一天，他發現自己的女友不見了，問他的朋友。他的朋友一臉黯然的說，自己的女友失足掉到海裡被暗流捲走了，還說怕他傷心，所以一直瞞著他。

「又過了幾天，在他幾乎快要餓死時，他的好友拿了一些肉給他，並告訴他這是海鷗肉，示意他吃下去，他沒有懷疑自己最好的朋友……然後他們得救了。

「很多年後，他又來到了這個島，陪著他的正是從前那個和自己一起蒙難的好友。這時，荒島已經變成了旅遊勝地，他懷念的弄了一盤救了自己一命的海鷗肉來吃，卻發現味道和從前吃的不一樣。

「那一刻他什麼都明白了……當時自己吃的哪是什麼海鷗，而是自己女友的肉，那個比自己生命更重要的女人，自己一生最愛的女人。於是他殺掉了自己的好友，然後悲痛欲絕的自殺了。」

車內一陣沉默，許久也沒人開口。

「現在你們明白，為什麼我迫切的想知道那個教堂以前的情況了吧？」我慢慢的說。

「好悲慘的故事……」

遙嘉緩緩的吐出一口氣。

「誰知道呢？說不定那個教堂從前發生過更加悲慘的故事呢。」我望著窗外，暗想。

□

遙家從前在加拿大的房子我曾去過很多次，但這一次卻又是不同的感受。那裡處在離溫哥華不遠的郊區，不過聽說最近的房價又再次一落千丈，但即使便宜得驚人，可住的人還是極少。

看來這又是一件奇事了。

由於一路上雜草太深，車開不過去，我們只好步行著走完剩下的路。

那棟屋子荒廢著，遙嘉打開鎖，我第一個走了進去。

裡邊的擺設就如我最後一次來那樣，沒有任何大的改動，只是在明顯與不明顯的地方，早已經鋪滿了塵灰。

「妳確定小潔姐姐的日記本還留在這裡？」我問身旁的遙嘉。

她肯定的說：「老爸害怕老媽觸景生情，自從小潔姐姐過世後，就把她的房間鎖了起來，裡邊的東西一直沒有人再動過。」

我突然想起了一些事，問道：「那你們為什麼搬家？也是因為怕觸景生情？」

遙嘉一愣，搖搖頭道：「我不知道。姐姐過世後，過了兩個星期，老爸就把我送到了蒙特婁的親戚家裡，等我回來時，家已經搬了。雖然家裡人對我解釋說，是害怕老媽看到屋子裡的東西而傷心……但是……但是我總覺得還有什麼內情！」

我點點頭，對了，遙嘉這小妮子的疑惑和我一樣。

我敢肯定，遙叔叔的搬家一定有什麼不可告人的內情。唉，真頭痛，他到底有什麼事一定要隱瞞的呢？

推開小潔姐姐的房間，一陣微弱的清風隨即撫了過來。

我們走進去各自分工找起了線索。早在車上時，我就對他們說過了，此行的目的是要找到兩樣東西。

一是小潔姐姐的日記本——小潔姐姐從小就習慣每天寫日記，所以順利的話，應該可以在上頭找到一些線索，更甚是這個事件所有的疑點。

二便是小潔姐姐最後一次到西雅圖時，在那個小鎮帶走的東西，雖然我們都不知道那是什麼，但可以肯定的一點是，那絕對是個關鍵！

我緩緩的在書架上找著，不時抽出一本書隨手翻翻。

不知為什麼，一進入這個房間時，我總有一種非常不協調的感覺，這種感覺久久縈繞在我的心頭，我卻找不到任何詞彙去描述它，更說不出為什麼這個房間會給我那種不協調感。

「管他的，幹完正事再說！」我擺擺頭加快了尋找的速度，終於在一個抽屜的底層，找到了十來本厚厚的日記薄。

日記裡記敘的就如平常人一樣，無非是那一天的瑣事等等，並沒有什麼特別的，只是大多都是用英語在寫。因為涉及了死者的隱私，我只將有關這個事件的資訊提取出來概述一下。

首先，小潔姐姐每次到西雅圖時總會有半天的失蹤，根據她的記敘，她去了我們召靈用的那間教堂。

那時教堂還沒有被燒毀，她很喜歡那裡的幽靜和神秘的氣氛，於是總要花上半天時間禱告和懺悔。

這解釋了為什麼Jone會在那間教堂找到她的東西。

值得注意的是，最近一本的最後一篇日記，為了更好闡明這篇日記裡衍生出來的疑問，我將它原封不動的放在了下邊：

六月十九日　星期二　天氣陰，有綿雨

又到了西雅圖。

想一想，已經有好幾年沒有來了。

爸爸開車的技術又變爛了，三個小時的高速公路，我險些暈了過去！

淅瀝的小雨依然下著，因為上個星期的德國之旅，我的時差似乎還沒有轉回來。哈，如果被小夜知道的話，一定又要笑我了……

小夜，好久都沒有他的消息了。不知道那個總是吵著要娶我的鼻涕鬼，變成了什麼樣子。真有些想他，不過……做他的妻子應該會很開心吧……討厭，我怎麼會想這些！

下午頂著雨又去了教堂，沒想到那裡竟然被燒毀了。唉，我第一次明白了物是人非這個詞微妙的意義。不知道為什麼，心裡有些小小的失落。

對了，我在教堂裡邊找到了一個小玩意兒，她被卡在一堵倒了的牆的縫隙裡。不知道誰這麼殘忍，把她毀損得這麼嚴重。

這個小玩意兒從前應該很可愛吧，雖然現在因為壞了讓人覺得很醜陋，但卻依然讓我愛不釋手。就像……就像她有生命一樣！於是我把她放在了隨身的手提包裡，帶了回來。

吃晚飯時，我和父親吵了一架。我不知為什麼強烈的想離開這個地方，強烈得有些倔強。父親有些吃驚，而我一氣之下就坐計程車回溫哥華了。

……真不知道自己是怎麼了，有生以來第一次有這麼強烈的恨意，好恨那個地方，那個小鎮……恨不得把那裡統統毀掉！

日記就在這裡唐突的停止了。直到兩個月後的車禍，小潔姐姐都沒有再寫過任何一篇。

這對某些把日記當週記、月記甚至是年記的人（譬如說我）是很正常的，但如果是一個十一年來從沒有哪天沒有寫日記的人來說，任誰都會覺得奇怪吧！

等Jame和遙嘉陸續將那本日記看完，我問道：「你們應該也發現了最後一篇的幾個疑點，以及線索了吧。」

遙嘉那小妮子詭秘的對我笑笑說：「我只發現原來姐姐那麼喜歡你，唉，可惜了。如果你再向她求婚的話，她說不定會毫不猶豫的嫁給你！」

Jame也來湊熱鬧，曖昧的笑著：「嘿嘿，你真行，日記裡每兩篇就有一篇會提到你的名字，不如傳授一些秘訣給我，怎麼樣才能讓女人死心塌地的跟著我。」

「不要鬧了！」

我惱怒的衝他們瞪了一眼，心裡卻有絲絲不知名的痛。

那兩個人好不容易才正經起來，紛紛交流起了在日記裡發現的疑點。

「我只是覺得日記結束得很奇怪。」Jame說道。

遙嘉苦惱的用手撐著頭道：「我就只是覺得姐姐對你——」

「小嘉！」我勃然大怒的吼了一聲。

「好了好了，我不說好了，用不著對人家這麼凶嘛！」遙嘉裝出委屈的樣子對我說：「你應該已經胸有成竹了對吧，說出來好了，我們洗耳恭聽。」

「唉……」我嘆了一口氣，有時候自己真拿這個小妮子沒有辦法，「你們認為日記裡的哪個線索是最重要的？」

「當然是姐姐帶回來的那個小玩意兒了。」遙嘉正經的說。

Jame表情沮喪的點點頭，「可是她提到那個帶回來的東西時，總是有些含糊不清，更可氣的，就是根本不描述那是什麼！」

遙嘉恨恨的說：「姐姐也真是的，不該含蓄的時候，偏偏描述得這麼含蓄。看來線索又斷了！」

「你們錯了，其實在日記裡已經提到了那是個什麼東西。」我陰險的笑道。

「什麼！」他們倆同時吃驚的大叫。

「你們有沒有發現，在最後一篇日記裡有幾個很矛盾的地方？」

兩人愣愣的看著我，很配合的搖搖頭。

滿足了虛榮心的我嘿嘿笑了，首先指著日記裡「就像她有生命一樣」這一行說道：「從這裡，可以看出小潔姐姐撿到的東西，應該是沒有生命的。但是在她的這篇日記裡，提到那個小玩意兒時，有好幾個地方都用了第三人稱 She（她）和第三人稱代詞 her（她的），而不是用 It（它）。

「這證明了什麼呢？很簡單，一是那東西是雌性，二是它一定是人形，讓人一眼就認出是雌性，所以才不自覺的用了這兩個詞。」

兩人同時都啊了一聲。

遙嘉全身微微一震，隨即面色奇怪的問：「你怎麼知道它一定有人形？萬一它是小貓小狗的樣貌呢？」

我反問道：「一隻小貓小狗走在街上，沒有專業知識的妳，可以一眼就判斷出牠的性別嗎？」

遙嘉出奇的沒有反駁，只是低頭不知在想什麼。

我奇怪的問：「妳想到了什麼嗎？」

她愣了愣，隨即堅決的搖搖頭。

我皺了皺眉頭，沒有再說什麼。

Jame 一臉興奮的說：「這樣就簡單了，只要查這個人形物件與教堂和那個富翁這三者的關係的話，範圍就小了很多。好！我們立刻就回去！」

「對了，剛才搜查房子時，有誰看到過類似的東西嗎？」我問。

他倆搖頭。

遙嘉道：「姐姐生前一直都把它放在隨身的手提包裡，從不離身，也不讓任何人碰，或許她出車禍時弄丟了吧。」

我默然，第一個走出了這個讓我有些傷心的房間。

走到客廳，遙嘉突然咳嗽了幾聲，有些惱怒的說道：「咳咳……這裡的灰塵真多，應該找人來打掃一下了。」

我全身一震，一把抓住她的手吼道：「妳……妳剛才說什麼？」

遙嘉被我嚇了一跳，有些不知所措的說：「我，我只是說這裡的灰塵很多而已……」

對了！我總算明白了，為什麼剛才走進小潔姐姐的房間時，會有那種不協調的感覺……

那個房間太整潔太乾淨了。雖然顯眼的地方還是有些塵灰，但是卻給人一種故意撒在那裡的感覺。

走出門，我望了望西方的天際說道：「看來就要下雨了，離這裡不遠，我記得有一間青年旅館吧。我們在那裡住一個晚上，明天再回去。」

遙嘉和 Jame 相互對望了一眼，聳聳肩。顯然他們不明白，下雨和開車回家有什麼直接的聯繫處。

當然了，因為他們不知道，我也不打算告訴他們，兩分鐘前我才產生的一個疑問和一個想法。

小潔姐姐的房間明顯常常有人打掃，但是是誰，又為什麼這麼做呢？她（他）與小潔姐姐有什麼關係？是不是與她的死有關聯？

今晚我決定夜訪這棟老屋。或許，我可以解開小潔姐姐離奇死亡的答案……

□

深夜，雲高，風低，沒有任何星月之光，天適當的下了幾滴小雨。我悄悄的起床，確定沒有吵到他們，這才緩慢的溜出門。

老屋依舊靜靜的，靜得有些令人害怕。

我振了振精神來到屋後，順著通風管爬到二樓小潔姐姐的房間。白天來的時候，我曾借機將一扇窗戶虛掩著沒有關嚴。

順利的爬進房間裡，卻不知道自己該幹些什麼。

首先，自己並不知道今晚那人會不會來；再來就是，藏在腦中的另一個有些稀奇古怪的想法。那個想法，實在太不符合我科學的信仰了，於是我強迫性的把它壓在了意識的底層。

還是先找個地方躲起來，等待那個人的出現。

我下了決定，四處打量了一下，想尋找一個可以藏身的地方。

雖然是深夜，但屋子裡並不是暗得什麼也看不見。在打量時，我突然發現床上的枕頭下似乎壓著什麼東西，於是隨手將它拿了出來。

順著窗外射進的昏暗光線，我看清了那是一張照片。

照片上有兩個人，很親密的手挽手站在一個大湖邊。碧綠的湖水在微風中泛出靜態的波紋，襯托著右邊女孩甜美的微笑。

好熟悉的場景，雖然一切在照片中都是靜態的，但是在我的心中卻引起了洶湧的波濤。

那是我和小潔姐姐唯一的一張合照，是用拍立得照的，沒想到她到現在都還保留著……

心中的痛苦，隨著照片引起的怒濤越來越劇烈了，我很輕易的拋棄了男兒有淚不輕彈這句金玉名言，撲在床上痛哭起來，完全忘掉了來這裡的目的。

直到這一刻，我才知道她在自己的心目中有多麼重要。如果我對雪盈的感情是喜歡的話，對遙潔就是狂戀，戀到了自己都不知道的地步……

哭累了，我竟昏沉沉的睡著了。

不知過了多久，半夢半醒間，我感到有什麼在臉上撫來撫去，隨著意識的清醒，我發現那是一雙細膩、光滑、柔軟並略帶著絲絲溫意的手。

是誰？誰的手？不過好舒服……

但可恨的是，意識隨即提醒我，自己應該還在一個已經有很久沒人住過的屋子裡，不由得打了個冷顫，立刻清醒了過來。

雨……不知道什麼時候停止了，淡淡的月光從窗外灑進來，使我清楚的看見床邊坐了個女子。她正深深的注視著我，一邊幫我蓋上被子，一邊用手輕撫我的臉。

那女孩竟然是Annie，不！不對！我總覺得有不對的地方。

她的眼神讓我有種熟悉的感覺，那麼愛憐、那麼溫柔，不該是對只見過兩面的人應該流露出的。

突然有一個想法衝入了腦中，我不受控制的坐起身，用顫抖的澀澀的聲音問道：「妳……妳是小潔姐姐？」

她沒有回答，只是默默的看著我，用責備的語氣道：「小夜，你睡覺又不蓋被子，會感冒的！」

是她！是小潔！

眼淚又不爭氣的流了出來。這一刻，只在這一刻，理性崩塌了，我什麼也不顧的緊緊將她擁入懷裡。

「小夜，不要這樣，我用的是Annie的身體，你會給她帶來困擾的。」小潔喘著氣說道，卻絲毫沒有掙扎的意思。

「不！我不要！我永遠都不要放手了。」我斬釘截鐵的說。

她幽幽的嘆了口氣。

時間就在這份沉默中過去。

「小夜，離開這裡回國吧，不要再管涉及到那個東西的事了！」過了許久，她才在我懷裡輕聲說道。

我一愣，理智又回來了。

「妳知道我的個性，讓我放下解到一半的謎題？我……做不到。」放開她，我整理了一下混亂的思緒答道。

她又嘆了口氣：「唉，我就是害怕你調查，才在死後狠心在這間屋子裡大鬧，把父母趕走的……沒想到適得其反，反而引起了你的好奇心，我真笨！」

「啊！原來是妳！」我張大了嘴盯著她。

難怪遙叔叔要搬家，也難怪這一帶冷冷清清的了，原來是鬧鬼！我真笨，為什麼一開始就沒有想到這麼簡單的原因！

不過……小潔姐姐去嚇人，那麼溫柔的小潔……想像到這裡，我沉重的臉上露出了一絲笑容。

「小夜，你在想什麼？」小潔奇怪的問道。

我嘻嘻的怪笑了一聲：「我只是在想，姐姐嚇人的時候風姿是怎樣的，會不會很漂亮。」

她愣了愣，也笑了，但隨即又憂鬱起來，「聽我的話，離開這裡，小夜。不要固執了。她的怨恨和憤怒不是普通人可以承受的！求你不要再管了！」

我奇怪的問：「那到底是什麼東西？」

小潔姐姐搖了搖頭道：「我不能說。」

我哼了一聲，道：「我知道妳那天從廢棄的教堂裡撿到了一個木偶，其餘的線索我自己去找好了！」

小潔姐姐全身一震，驚叫道：「你……你怎麼知道？」

「果然是木偶嗎？」我暗暗為自己賭的這一把叫好，是人形而沒有生命的東西，最相近的就是木偶了，雖然我想像得到，卻總是不敢確定，不過現在從小潔姐姐的口中得到了證實。

我淡淡的說道：「其實我已經知道的差不多了，就差去揭開謎底了。告訴我謎底好嗎？」

小潔姐姐幾乎要哭出來了，她緩緩的搖著頭說道：「不是我不想告訴你，而是我不能說。關於她的一切我都不能說，不……是我根本就說不出來！」

「怎麼會這樣？」我震驚的問道。

小潔姐姐突然痛苦的抱著頭，她推開我，斷斷續續的說道：「她已經開始行動了。小夜，答應我離開那個小鎮，帶我的家人一起離開，離得越遠越好……答應我……」

下一刻，我與她和Annie又遁入了如死的沉默……

「哼，小潔姐姐，不管那東西是什麼，我都一定會為妳報仇！這是我夜不語的承諾！」

在腦中，這個從沒有息散過的念頭，前所未有的強烈了！

第五章 瘟疫

「為什麼妳會跟來？」坐在回西雅圖的車上，我偏頭問坐在身旁的Annie。

那晚後，我們幾個又因為一些我提都懶得提及的事浪費了三天，才開車回家，但是其中有幾件事情，我想我不得不提及一下。

首先，那個清掃小潔姐姐房間的人，不是別人，正是小潔她自己，沒想到卻驗證了那個我強迫自己把它壓在了意識底層的想法。

但是她為什麼不以靈體的樣子與我見面呢？

根據Annie說，我的身上有一種讓純靈體難以靠近的臭味（當然不是人類可以聞到的那一種。）而Annie恰好有靈媒的體質，所以小潔姐姐才哀求附在Annie的身上，與我見一面。

唉，總之是人是鬼都是她說的，我倒是不太相信。

第二是，原來遙嘉也認識Annie。

據她說，在溫哥華居住時，她們兩家是很要好的鄰居。Annie的祖母是那一帶很有名氣的靈媒（也就是俗稱的神棍），而Annie的體質似乎比她的祖母更好，但就是經驗不足（也就是半個神棍的意思），不過自從家裡搬到西雅圖去後，就很少聯絡了。

回憶到這裡，我不由得大笑起來，試想一下，一個黃皮膚的中國人在一個陰暗的小房間裡，穿著深黑色的巫女裝，坐在一個很大的水晶球前……

那不是挺搞笑嗎？

Annie似乎知道我在想什麼，瞪了我一眼道：「我和祖母按照的都是中國傳統的靈媒方式，沒有西方的那些調調！」

也許是氣她什麼都不告訴自己吧，我哼了一聲道：「鬼才知道妳們的調調。看妳，連名字都改成英文的了，什麼Annie！哼！」

她氣得臉都發紫了，大聲說：「你這個人簡直不可理喻！是誰告訴你我沒有中文名字了！」

我冷冷的瞟了她一眼道：「妳也從沒有說過。」

她被這句話塞住了，氣惱的將頭轉向一邊。「黃詩雅……我的名字叫黃詩雅。」她低低的說道。

「我聽不見！」我故意把耳朵湊近她大聲叫道。

「你……」她氣得再也說不出話來。

「你們的感情真好。」遙嘉轉過頭來衝我倆嘻嘻笑道。

我和黃詩雅瞪了她一眼，不約而同的罵道：「妳的眼睛有問題啊！」

回程的速度，感覺上比去的時候快上很多，在打罵中，幾個小時就這樣過去了。

「不知道Jone他們調查得怎麼樣了。」Jame不經意的說道。

我皺了皺眉頭。

小潔姐姐的最後一句話，還縈繞在我的心裡久久不散。「她已經開始行動了……」行動！到底是什麼行動？又是衝著誰呢？難道……

突然間，我的腦中有一個念頭閃過。對了！自從在教堂發現小潔的寶石別針以來，我就固執的認為她與教堂事件有所關聯。可是我卻從沒有把那個木偶，和我們召喚出來的那個東西連起來。

對照了我記憶中的阿不珂盧斯驅魔陣的性質，我不由得打了個冷顫，一個可怕的結論在腦中成形……

如果這個判斷沒有錯的話，那麼，那個木偶應該會在那個地方……

車開進了進入鎮裡唯一的一條路上，我們卻詫異的發現前方的路被封鎖了，一堆員警全副武裝的站在警戒哨前。

當前一個穿著顯眼制服的中年人攔下了我們說：「前面已經被封鎖了，暫時不能過去。」

Jame驚奇的伸出頭問：「出了什麼事嗎？我們是住在鎮裡的人，四天前才離開的！」

「什麼！」那中年人臉色一變，立刻強硬的把我們請下車，統統塞進了一輛很大的醫療車上。

檢查了好一會兒，證明沒有問題後，他才緩了一口氣解釋道：「你們的老家兩天前發生了瘟疫，大多數的人都病倒了。所以在沒有解決這個問題以前，這裡不能夠讓任何人進去。」

頓時，前所未有的震驚衝擊了我們的大腦。

「我……我的父母怎麼樣了？」遙嘉用乾澀的語氣問道，幾乎要哭了出來。

「這個我不知道。」那中年人用同情的眼光看著她道：「但是鎮裡還是有些沒有被感染的人，他們住在政府臨時提供的房子裡，或許你們的父母也在那裡。」隨後他說出了一個地址。

車又開始緩緩的開動了，沉默一直在車內延續著。

「DCUI。」過了許久，我才緩緩說道。

「DCUI？！」Jame 一臉震驚的猛然轉過頭來看著我，接著，又像是求證似的重複道：「Deal with the Centre in Urgent Incident（緊急事件處理中心）？」

「沒錯。」我點點頭：「他們不是普通的員警，更不是瘟疫處理中心的，而是隸屬於美國軍方的緊急事件處理中心的人。」

「你怎麼知道？」Jame 緊張的問。

我用手撐著頭回憶道：「在醫療車裡，我注意到有些器材，在一些很不顯眼的地方印有DCUI的標誌，而不是DCP（Deal with the Centre in Pestilence瘟疫處理中心）的標誌。」

遙嘉不解的看著我們緊張起來，插嘴道：「可能是DCP已經有任務了，所以才派DCUI來解決這裡的問題啊！」

「妳不知道……」Jame大搖其頭：「DCUI是軍方的常駐部隊，通常不會輕易出動。而且它和DCP是兩個完全不同屬性的部隊！不過這就奇怪了，為什麼發生瘟疫的地方會有DCUI出現……」

「很簡單。」我冷冷的道：「因為鎮上發生的根本就不是瘟疫。如果我沒有想錯的話，一定是她開始行動了！」

「她？」

對！是她，那個木偶。我總算知道小潔姐姐最後一句話的意思了……

□

小鎮裡所謂沒有感染的人，全部住在政府提供的一間大旅館裡。幸好遙叔叔和遙阿姨安然無恙，當我們找到他們時，他們還很有精神的吃著晚餐。

根據我不斷旁敲側擊的詢問，發現這裡的人也不知道鎮上到底發生了什麼事，只是一廂情願的相信了DCUI口中所謂的瘟疫。

既然得不到任何線索，我們幾個又聚集在了一起。

Mark也來了，據他說，小鎮裡百分之七十的人都病倒了，而西雅圖中學靈異社的二十一個成員，也就剩下了三個人，他、Jame和遙嘉。

「你們三天前打電話來，要求查木偶與富翁之間的線索，聽說Jone有大發現，可是他兩天前也病倒了。」Mark惋惜的說。

「嗯，看來我們還是要溜進小鎮裡一趟。」我想了想道。

「但是所有的路都已經封鎖了，附近的林子裡還有人巡邏，不容易進去。」Jame大為苦惱。

「我知道有條小路可以進去。」Mark笑著道：「不過我有一個條件。」

「如果是想我帶你一起去的話，那就不用商量了。」我盯了他一眼道：「這次我會一個人去，不能再讓你們冒險！」

「什麼？你想一個人去！」Jame吃驚道：「不行！這是我們鎮裡的事，應該由我們自己來解決，絕對不應該讓你這個外來人替我們冒險！」

我瞪著他，哭笑不得的說：「你們還沒有發現一個問題嗎？」

「有什麼問題？」Jame等人大惑不解的問。

我皺了皺眉頭道：「根據剛才我的調查，現在沒有病倒的鎮民，幾乎都是近五十年才搬來的新住民，染上怪病的都是原來的老住民，這說明了什麼，應該很明顯了吧！」

Jame啊的一聲，急忙道：「你是說她的詛咒只限於小鎮裡的原住民？」

「對。從種種跡象上指出，她只對這裡的原住民有強烈的怨恨。」我點點頭道：「所以我才要求獨自一個人去調查，這樣最安全，也最合理。」

「那這樣……我不是這裡的人，我跟你去。」詩雅看了我一眼道。

「我也是！」遙嘉自然不甘落後的舉起手來。

「好，我決定了詩雅和我一起去。」我想了想道。

「為什麼我不能去？」遙嘉這小妮子立刻不滿了。

「很簡單，因為妳要穩住遙叔叔和遙阿姨，以免他們擔心。」我斬釘截鐵的說。

「什麼嘛！明明就是偏心！」她委屈的嘟起了嘴。

我看著周圍的四個人，伸出手道：「好朋友！」

「好朋友！」

立刻，五個人，十隻手，緊緊的握在了一起……

□

好不容易穿出那條所謂的小路，我們總算走到了離小鎮不遠處的山坡上。天已經開始亮了。在微弱的光線中，腳下的小鎮靜得有些詭異。

「妳那麼聰明，應該早就猜到我來是為了什麼吧？」我故意考驗身旁的詩雅。

她微微笑了笑道：「你是想去找那個木偶。」

「沒錯。」我滿意的笑道：「妳是半個神棍，應該比我清楚詛咒會在什麼情況下解除吧。」

「什麼嘛，都說了我是靈媒，你還神棍、神棍的叫，煩不煩！」她不滿的狠狠捏了我一把。

「啊！對不起。我忘了妳還是半個神棍！」我揉了揉手臂，反擊道。

「好了，算我輸了。我說不過你！」她丟盔棄甲的舉起雙手：「還是幹正事要緊，先說準備怎麼做吧？」

我比了個勝利的V字形道：「正事啊……嗯，不是所有的電影、書籍和靈異小說裡，都說每個靈體都有自己的介質，如果毀壞掉這個介質的話，那個靈體也就會灰飛煙滅，嘿，那麼詛咒也就不攻自破了，哈，對吧！總之，我的依據也就這麼多了！妳的看法呢？」

「……也行吧，祖母也這麼說過。但只是大部分而已，這個說不定是異類呢。」詩雅有些哭笑不得。

「那麼妳有什麼更好的方法嗎？」我裝作難得虛心求教的樣子。

「不過，你知道那個東西在哪裡嗎？」她沒有回答，也沒有笑，只是偏著頭看我。

「真無趣！」我撓撓頭，這才詳細告訴了她這件事的前因後果後，笑了笑，「阿不珂盧斯驅魔陣有一個很特殊的地方，就是必須要有靈體的介質才會起作用，所以，我肯定那個木偶回到了教堂的某個地方。」

「哼，真不知道你的自信是從哪裡來的！」她撇撇嘴接著道：「DCUI似乎有很多人在小鎮裡紮營了，這樣走過去不怕被發現嗎？」

「沒關係，被抓到了再說，大不了被遣送回國，正好可以省張機票。」我滿不在乎的一邊向山坡下走去，一邊說：「妳害怕就在這裡等我好了。」

「哼！誰會怕！」

去教堂的路沒有變，還是那麼陰森潮濕，樹林密密的將天空蓋盡，就像有什麼即將要破繭而出了。

詩雅雖然從小就看慣了恐怖的東西，但是心理承受著這麼強烈的壓抑感，倒還是第一次，不由得摟住我的手臂，緊張的向四周張望。

我本來想諷刺她幾句，可是看到她臉上浮現出的那種小女孩楚楚可憐的嬌弱表情，一時衝到嗓子眼的話，就再也說不出來了。

於是很自然的，我緊緊的抱了抱她，以示為她壯膽。

詩雅感激的看了我一眼，軟玉在懷，嗅著她身上的幽幽體香，這時才給了我她是個女孩子的感覺。

我難堪的鬆開了手。她似乎也感覺到了什麼，臉一紅，加快腳步朝前走去。

教堂依舊頹廢，破裂的殘骸暴露在晨光中。我們沒有絲毫的停頓，立刻開始搜查起整個教堂。這個破教堂佔地大約三百平方公尺，要想在裡邊找到一個小小的木偶，無疑是大海撈針。

還好有詩雅這個靈媒（不知為什麼，不知不覺就開始尊重起她了），她似乎感覺的到有靈波異常的地方。

好幾個小時過去了，我們幾乎找遍了每一寸土地，結果還是一無所獲。

「奇怪了，地面上的靈波都很平均，平均得有些異常！」詩雅苦惱的坐在地上。

「地面上？」我正累得不斷捶著雙腿，突然若有所悟的叫道：「對了！不在地面上，那就是在地面下了。」

「你是說……停屍室？」詩雅眼睛一亮。

正規的歐洲教堂一般都會設置地下室，而那個地下室，正是用來存放歷代僧侶的遺體。幾百年前，這種建築格局流傳到了美洲後，沒有絲毫改變，特別是那些自認為是正規的大教堂，甚至以停屍室的大小為榮。

「這很有可能。」她說道，但立刻又開始頭痛起來，「可是停屍室的入口一向都很隱密，特別是現在教堂又倒了，根本就不可能找到嘛！」

「沒關係，這種情況就是我大發神威的時候了。」我神秘的笑笑，隨手撿起兩根長短相同的鐵絲曲成L形狀，然後將短的一端塞進中午用過的塑膠吸管裡，再輕輕的把塑膠吸管捏在手心中。

近幾天看慣了我層出不窮的怪想法的詩雅，默默的看我做完這一系列動作，這才奇怪的問：「你這又是想幹什麼？」

「莫艾斯特金屬探測器，妳有聽說過嗎？」我望著她驚奇的眼神，開心的問。

「完全沒有，那玩意兒是什麼？」她搖搖頭。

我解釋道：「這是一個叫莫艾斯特的英國人發明的儀器，可以探測出埋在地下深處的金屬、下水道以及密室等等。具體原理不詳，科學界也沒有給出任何合理的解釋，不過許多國家的政府倒是默認它的存在，還用它檢測下水道的狀況。」

「你確定有效嗎？」她問。

「不知道。」我搖搖頭：「從來沒有試過。」

「你這個人……」她氣得說不出話來了。

我衝她眨了眨眼睛道：「有沒有用，試一下不就知道了。」

站起身來，我開始在教堂四周繞圈，並逐漸縮小搜索範圍。詩雅一語不發的跟在我身後，眼神古怪，倒是有些像是想看我出醜。

就這樣搜索不到十分鐘，套在吸管裡的鐵絲開始抖動起來。我深深的吐了一口氣，緊張的心稍微紓解了一下。

「就快要到了。」我小聲說著，並放緩了腳步。終於，鐵絲在教堂曾經是主寢室位置的那塊地上，顫動到了最大幅度。

「應該是這裡了。」

我和詩雅對望著點點頭，動手把蓋在這塊地方上的東西整理乾淨。

果然，一塊鐵板出現在眼前。

我用剛找到的鐵鍬把鐵板撬開，有股腥臭的濁風立刻迎面撲來。洞裡很黑，不知道深淺，可以看見的只有一道斜度很陡的樓梯。

陣陣熱風不斷從洞裡吹出來，看得出洞裡的通風條件差到了極點。

「手電筒……喂！等一等，先不要進去。」

我一把攔住剛要進去的詩雅，從兜裡拿出一根蠟燭，點燃丟進了洞裡。那根本來燃得很旺的蠟燭，一落到洞底，立刻就熄滅了。

「那是根含鎂的蠟燭，一般只要有氧氣，就算吹它踩它也滅不了，可是妳看看現在！妳到底在衝動些什麼！」我責備道。

詩雅似乎對剛才自己的危險舉動絲毫不在意，只是好奇的看著我問：「你經常帶著這些古怪的東西？」

我一愣，乾笑了兩聲道：「妳以為我是哆啦A夢啊！過幾天就是遙嘉那傢伙的生日了，本來我是想整整她的，沒想到在這裡先派上了用場。」接著按亮手電筒，用手左右擺了擺感受前方的空氣溫度，又道：「現在差不多了，我們下去吧。」

詩雅一把搶過了手電筒說：「我走前邊好了。」

「為什麼？妳剛才不是很害怕嗎？」我不解道。

她扭捏的看了看自己身上的米黃色百褶裙，又望了望幾乎呈七十度斜角的樓梯，我頓時明白了，哈哈大笑道：「還是我走前邊好了，保證不會假公濟私，我是君子嘛。」

嘿嘿，當然，是不是君子，也只有我自己明白了。

好不容易走到底層，用電筒光一掃，我看到了一個不大的石室。正方形，大約有二十平方公尺，停放著將近五具石棺。

詩雅望著四周，皺緊了眉頭。

「有發現嗎？」我問。

她滿臉疑問的說：「這裡的靈壓好亂，特別是棺材附近，好像有個漩渦一樣不斷的收縮著。」

「那就簡單多了。」我一腳踢在石棺蓋上，沉重的蓋子緩緩的被推開了一個角。我們伸過頭往裡邊一望，頓時吃驚得險些窒息過去。

木偶……石棺裡放的全是木偶。各式各樣的木偶，亂七八糟的被塞在這個狹小的空間中，透露出了絲絲莫名的詭異。

詩雅打了個冷顫，不由得又抓緊了我。

「看看其他的石棺吧。」我強壓下因震驚而狂跳的心臟，故作平靜的說。

她怯生生的答應了一聲，手卻絲毫沒有放鬆我的意思。我嘆了一口氣，心想，詩雅雖然是所謂的靈媒，但畢竟還是個普通的女孩子。

打開了所有的石棺，我們發現裡邊無一例外的都塞滿了木偶，這些木偶不知道已經放在這裡多少年了，絲質的衣衫一碰就會碎掉。

同時，我們還在角落裡找到了大量的汽油。

或許是三年前珂巴尼斯教徒自焚時剩下的，因為是放在地下室，所以沒有受到大火的影響，保留了下來。

「認得出哪個是罪魁禍首嗎？」我問身旁還在發呆的詩雅。

她這才清醒過來，看了好一會兒後，沮喪的搖著頭說：「不行……我找不到。」

「沒關係，我還有最後一招。」我衝她頑皮的笑道。

□

把她拖出停屍室，詩雅哭笑不得的問：「這樣……真的好嗎？」

「有什麼不好的？」我悠閒的說：「既然找不到真命天子，那我就只有狠下心錯殺一百了，而且這個教堂本來就是廢墟嘛！不能算犯罪。」接著將手中的火柴一拋。

火光劃出一道優美的曲線，掉進了地洞裡……

只是我不知道的是，數年後，這個小鎮的歷史記載冊上居然這麼寫道：

XX年某月某日，夜晚。

鎮東廢棄的教堂突然燃起劇烈的大火。大火燃燒了整整一天一夜才漸漸熄滅，周圍五百公尺的樺樹林燃燒殆盡，以致那塊土地後來數十年都光禿禿一片，沒有任何喬木植物。

大火的來源，早已不可考究。

但是很奇怪的是，當大火熄滅後，那場突如其來的瘟疫也隨之消失了……

第六章 接近

瘟疫真的消失了嗎？

在假扮 DCP 的 DCUI 人員的迷惑中，小鎮裡的人恢復到正常的生活。

DCUI 沒有得出任何結論，自然把解除瘟疫的功勞攬在自己身上，在小鎮人們的歡送聲中離開了。

這場瘟疫，奇蹟似的死亡人數為零。

我不知這場不是瘟疫的瘟疫的發病情況，也不太想知道，因為明知是詛咒，又何必去管被詛咒人的樣子呢！重要的是，詛咒看似已經解除了。

一個星期後，我把相關人等聚在了一起，為他們講述了一個我用從 Jone 調查來的資料，和我知道的一些資訊，外加想像力歸納出來的故事。

對，那僅僅只是一個故事，沒有任何實質的東西可以證明它的真實性，有的只是少量且凌亂不堪的資料。而唯一一個可以證明的物件，也已經消失在那場我刻意造成的大火中了。

這個故事發生在一百多年前，要從一個貧窮的木偶師傅說起。那個木偶師傅花了數年的時間，做出了一個非常精緻的木偶，一個名叫「纖兒」的木偶。

那個木偶在上了發條的情況下，會不斷的對他說「我愛你」。不過他不知道的是，這個他嘔心瀝血的作品在他費盡心血的刻刀下，漸漸有了屬於自己的靈魂，也就是這個靈魂，造成了我們現在經歷的一切。

木偶師傅在貧困潦倒下，決定參加一個富翁舉辦的木偶展，他在參加時，聲明絕對不會出售這個木偶，因為她早已比自己的生命更加重要，但是他想不到的是，那個富翁竟然一眼看中了他的木偶。

木偶展結束時，木偶師傅得到了一筆可觀的獎金，可他卻再也拿不到自己的木偶了……

可憐的木偶師傅坐立不安的待在家裡，最後決定去富翁的豪宅。不管是勸說還是像狗一樣的哀求，他不在乎……都不在乎，他只想拿回自己的木偶，那個比自己生命還重要的木偶。

但是命運註定，這已經永遠不可能實現了。

富翁將那個美麗的木偶帶回家後，天天擺弄著，但是不論他怎樣將發條上緊，木偶都總是一聲不哼，像展台上那種甜美動聽的聲音，再也沒有從她的身體裡發出來。

終於有一天，富翁發怒了，他將木偶狠狠丟在地上，並用刀殘忍的一刀一刀在木偶的臉上劃著。

而這一幕，恰好被剛走進來的木偶師傅看到，看見那個比自己生命更重要的木偶被踐踏，他瘋狂的撲上去，一拳打在富翁臉上。

「打死他！給我打死他！」富翁的保鑣們立刻將木偶師傅架住，拖出門去，身後還不斷傳來富翁狂怒的吼叫聲。

木偶師傅真的被活活打死了，木偶的靈魂把這一切都深深的看在眼中，任何一個細節都沒有放過，她美麗的臉變得猙獰。

那一刻，魔鬼誕生了……

化作魔鬼的木偶不知用什麼方法嚇死了富翁，並向他的家人報復，於是富翁的家人請了一些靈媒來對付她。

那些靈媒在原來的豪宅上修建了一座教堂，因為他不知道木偶的真身是哪一個，便將所有的木偶都封印在教堂停屍室的石棺裡。

時間很快過去了一百多年，就在三年前珂巴尼斯教徒在那個教堂準備自焚時，偶然發現了那些木偶，並把其中一些拿出了停屍室，而其中一個就是她！

大火盡後，她鬼使神差的沒有被燒毀，於是又開始了無止境的等待……木偶的恨意經過了一百多年的洗禮，依然沒有消散。

兩年後，不知情的小潔姐姐再次去教堂禱告時，偶然發現了這個木偶，並被她的恨意控制了身體。

善良的小潔姐姐害怕在這種恨意的驅使下做出錯事，於是她，選擇了死亡。

「但是為什麼木偶又會回到那所教堂？」詩雅奇怪的問。

我嘆了口氣：「也許是上天的安排吧。據遙嘉說，遙叔叔搬家後，曾將小潔姐姐的遺物埋在了附近的教堂裡，更巧合的是，埋木偶的地方，正好是阿不珂盧斯驅魔陣的中心。隨著驅魔陣的開啟，她吸收了四千多個冤魂的力量，認為時機已到的她，於是展開了自己的報復。」

「但是她為什麼要向全鎮的人報復呢？」詩雅又問。

我笑了笑解釋道：「根據Jone找到的資料，那個富翁生前有許多女人，而為他生下孩子的人也不計其數，經過了一百年的融合，小鎮上差不多百分之七十的人都有他的血統。」

「幸好你一把火徹底燒了那個教堂，不然詛咒還真不知道怎麼解。」詩雅湊近我小聲的說。

「燒掉了什麼？」一旁的Jame迷惑的問道。

我立刻哈哈大笑著掩飾道：「沒什麼……那是我和詩雅之間的秘密。」

秘密？的確是秘密，而這個秘密，我一輩子也不會告訴任何人。我相信，詩雅也不會。

不過，一切總算都結束了……

所有人都安靜的坐著，努力消化我提供的資料。

過了許久，Mark 才遲疑的問道：「雖然不太明白你說的事實，但有一點我看大家都迫切的想要確定，是不是那個驅魔陣帶給我們的詛咒，都已經結束了？現在我們都不用死了？」

「不錯。」我點點頭：「那個木偶已經被我毀掉了，詛咒也應該不存在了。」

頓時，有許多人都長長的吐了一口氣，懸著的心總算放了下來。

Jame 大笑著站起身，衝我說道：「既然所有事情都搞定了，那我一定要當小夜的導遊，帶你到四處逛逛，就當感謝你幫了我們這個大忙吧。」

「求之不得，說實話，到美國都好幾個禮拜了，我還真沒有好好玩過呢！」我欣然答應道。

□

午夜，黯淡的月光朦朧的灑在大地上，有一種說不出的詭異。不知何時，起霧了，濃霧瀰漫了整個小鎮。

Jone 在床上左右翻動，遲遲難以入睡。

他索性坐起身，想到客廳喝一杯水，突然有什麼東西撞在臥室的窗戶上，傳來一聲輕微的「啪」聲。

「誰啊？」他叫道，隨手撥開窗簾向外望去。

夜色正濃，迷濛的窗外什麼也看不到。

「什麼鬼天氣，夏天居然還會有這麼大的霧！」Jone 撓撓頭小聲咕噥道。

就在這時，床頭的電話唐突的響了起來。

Jone 被嚇了一大跳，隨後大為氣惱的接起電話，大聲喊道：「誰啊，這麼晚來嚇人？」

電話的另一邊沒有傳來任何聲音，什麼聲音都沒有。沒有吵鬧聲、沒有捉弄人的嘿嘿聲、甚至連打電話人的呼吸聲都沒有，有的只是如死的寂靜。

Jone 莫名其妙的感覺很不舒服，心臟沒有任何預兆的開始猛烈跳動起來。

他發現自己就像被關進了一個絕對隔音的密室裡，除了自己的心跳聲、自己的脈動以外，所有的聲音都消失掉了。痛苦、煩躁、不安……種種情緒閃電似的在大腦中出現，接著莫名的恐懼開始了。

「誰？是誰？Jame 嗎？老天，求求你不要開玩笑了！」Jone 對著話筒大叫，但電話的那一邊依然沒有發出任何聲音。

他只好就這麼拿著話筒呆站著，一動也不動。並不是他不想動，而是全身上下每一塊肌肉，似乎都被這種寂靜凍結了，只有僵立著。

不知過了多久，電話裡總算傳出了一點聲音，居然是斷線後尖銳的「嘟嘟」聲。

Jone像突然被某種力量釋放了一般，失去平衡，跌坐在床沿上。

「究竟是怎麼回事？」Jone深深吸了口氣，向四周望去。

不知從什麼時候起，整個臥室裡的氣氛就全變了，變得讓人感到壓抑。不，準確的說，是怪異！不管是屋裡還是屋外，都顯得十分安靜，安靜得讓人心情煩躁。

怎麼搞的，夏天的夜晚居然連絲毫蟲叫聲都沒有？

Jone毅然站起身向電燈開關摸去，他需要一點光來壓制內心的恐懼。

突然，從櫃子裡傳出一陣音樂，Jone又被嚇了一大跳，他條件反射的轉過身望去，居然是自己的音樂盒不知為何自己轉動起來，難怪音樂那麼熟悉。

「沒什麼好怕的，這個老古董自己響起來又不是第一次了。」Jone用力捶了捶心口，繼續向燈開關方向走，就在手正要觸摸到開關時，所有的動作在那一刻全部停止了。

Jone因恐懼而全身顫抖起來，因為剛才他突然記起，那個音樂盒的發條早在一年多以前就壞掉了，而且在上個星期他心血來潮，還把裡邊的發條取了出來，準備買個新的換上去，一個沒有發條的音樂盒，怎麼可能還發得出聲音？

Jone的呼吸越來越急促，他打了個冷顫，猛地按下燈的開關。

燈，沒有亮，取而代之的是一聲巨響。身前的窗簾「啪」的一聲，被一種無形的力量拉開。月光穿透濃霧射入窗內，那光芒並不像以往的月色那樣雪白或者金黃，而是一片赤紅，如血的赤紅。

就在那股赤紅得讓人瘋狂的光芒中，一個身影靜靜的站在窗前。

Jone突然感到脊背上一陣惡寒。

投射在窗內的影子開始不安分的動起來，但窗外那個影子的主人依然靜靜的站著，一動也沒有動，動的只是影子。

恐懼呈幾何級數不斷攀升，那個拖得越來越長的影子，扭動著噁心的曲線，不斷向他延伸過來，Jone想要躲開，卻發現自己完全動彈不得，能動的只有眼球。

心臟跳動得更加劇烈了，並不僅僅因為恐懼，更像是心臟突然有了自己的意志，想要從這個主人身上跳出去。

Jone張大嘴巴，無力的看著那一團濃黑如墨的影子靠近自己，吞噬自己，自始至終卻一點聲音也發不出來。

他感覺自己大腦的承受能力已經到了極限，於是他倒了下去……絕望，無盡的絕望充斥了全部的意識。

Jone不甘心的緩緩將右手伸到床下，用食指努力的寫著什麼。

終於，他全身猛地抽搐了一下，再也不能動了。

第七章 測試

Jone 死了！

今天一大早，Jame 就闖進我的寢室，慌張的將我搖醒，在我睡意朦朧中告訴了我這個驚人的消息。

惱怒的正要發火的我頓時呆住了，大腦沒有過多的思考，我一個筋斗翻起來，飛快的穿好衣服便拉著他向外跑去。

「究竟是怎麼回事？」邊跑，我邊問道。

Jame 的聲音十分沙啞，似乎哭過：「今天早晨 Bancy 阿姨去叫 Jone 起床，卻發現他倒在床邊，已經斷氣了，Bancy 阿姨立刻叫來了員警。」

「法醫的判斷是什麼？」我思忖了一下，繼續問道。

「急性心肌梗塞，排除了他殺的可能，但有一點奇怪的是，Jone 的情況和 Davy 死的時候一模一樣！」

「法醫沒有覺得奇怪嗎？」我皺了皺眉頭。

「完全沒有。」Jame 冷哼了一聲：「法醫認為 Jone 和 Davy 有遠親關係，死於同一種病症的機率並不是太小，所以自以為是的認為沒什麼疑點，這個事件可以認為是猝死，那傢伙簽署了死亡證明就走人了！」

「那你的看法呢？」我腦中一動，向他看去。

Jame目不轉睛的望著我，遲疑了一會兒，最後一字一句的說道：「或許，那個詛咒並沒有解除！」

□

我和Jame到Jone的家時，員警已經走光。由於他被判斷為猝死，屋子並沒有被封鎖。

客廳裡Jone的母親Bancy正傷心的哭著，遙嘉和詩雅坐在她兩旁努力安慰她。而西雅圖中學靈異社的成員似乎全都來了，他們一聲不吭的呆坐著，不知在想些什麼。

我躊躇了一下，走到Bancy身前輕聲說道：「阿姨，雖然我知道現在這個請求很不是時候，但我還是希望妳能讓我看看Jone的房間。Jone是我的好朋友，我很遺憾沒有見到他最後一面！」

Bancy捂著嘴抽泣著，緩緩的點了點頭。我如獲大釋，拉了Jame快步走進了Jone的臥室。

臥室裡的擺設基本保持著原狀，可見員警來的時候根本就沒有仔細檢查過。我轉過頭問道：「Jame，你是第幾個到現場的？」

Jame 答道：「我是和員警一起到的，在一旁看他們驗完屍，然後他們就通知殯儀館將 Jone 的屍體抬走了。」

「那現在房間裡的擺設，是不是和你來的時候完全一樣？」

Jame 仔細的向四周望了望，然後肯定的點頭。

我沒有再多話，開始認真的收集起線索。

「奇怪了。」沒過多久，我便從地上站直身體，疑惑的撓了撓頭。

「有疑點？」Jame 緊張的抓住了我的肩膀。

「可以說是有個疑點。」我走到床頭，輕輕的拿起沒有掛好的電話筒說道：「Jone 似乎在死之前曾接過或者打過電話，但不知什麼原因，居然連話筒都沒有放好。」

「這一點有個員警也提到過。」Jame 從我手上拿過話筒仔細的看著，喉嚨不由得又哽咽起來：「不過法醫解釋說，一定是 Jone 發病的時候拚命的想要拿起電話求救，但是還沒等撥通電話，他就死了！」

「那就更奇怪了。」我望著他又道：「如果是那樣的話，Jone 死的時候，手裡應該握著話筒才對，但實際上，Jone 死的時候手離電話至少還有一公尺遠。」

Jame 震驚的抬起頭：「那 Jone 是什麼時候死的？」

「我判斷應該是 Jone 接到了某個讓他十分恐慌的電話，於是他丟下話筒想要去幹什麼事的時候，突然因為某種原因死掉了。」我蹲下身翻動地毯繼續道：「你早晨看到 Jone 的屍體時，他是什麼姿勢？」

Jame 乾脆躺倒在地毯上，一邊擺姿勢，一邊向我解釋道：「Jone 就是這樣仰躺在地上，頭向著電話，而眼睛張得又圓又大，滿臉恐懼，似乎一直都死死的盯著窗外看，然後他的左手就這麼無力的搭在左側的大腿上，右手伸到了床底下。」

「右手居然伸到了床底下？」我精神一振，立刻將頭伸進了床底，卻不小心被大量的灰塵塞得差點窒息。「有沒有搞錯！床底下居然沒有鋪地毯，太偷工減料了吧！」我氣悶的抱怨道。

Jame 尷尬的笑著：「都怪我不好，前年我在 Jone 的房間裡放煙火，不小心將地毯燒掉了一塊。Jone 怕被他老媽罵，就將燒掉的那塊剪下來，還把床抬過來蓋住。不過他也夠邋遢，從來不稍微把床底打掃一下。」Jame 伸過手在露出了地板的床底下輕輕一抹，齜牙道：「居然積了這麼多灰塵！」

「我看這些灰塵說不定能幫我們解開一些謎！」我打開手電筒，仔細的在床下找起來。

Jame 大為迷惑：「這些既沒用又礙事的灰塵，真的可以幫我們？」

「沒錯。你仔細回憶一下 Jone 死亡時候的姿勢，不覺得很奇怪嗎？」我一邊找一邊向他解釋道：「我不知道那個法醫憑什麼方法判斷 Jone 死於急性心肌梗塞，不過一般來說，死於心肌梗塞的人，大多都會用雙手捂住心口。

「但Jone卻沒有。他倒在地上的時候，左手無力的放在大腿上已經很說不過去了，而他的右手更奇怪，竟然伸到了床底下！」

「那個姿勢很有問題嗎？」Jame還是不明白。

「當然有問題。」我小聲說著，害怕揚起了灰塵，「人仰倒在地上的時候，除非全身的肌肉已經僵硬了，不然手臂一定會因為慣力而被彈開，那種狀態下，人應該會呈大字形，而左手軟綿綿的搭在大腿上的機率，是微乎其微的。

「然後你再想想他的右手，由於地上這層厚厚的地毯會消除大部分的慣力，所以不論右手怎麼彈，也不會彈到床底下，我想Jone一定是有意識的將右手伸到床下去的！」剛解釋完，幾個英文字母便映入了我的眼簾。

「找到了！」

我吃力的從床下將頭縮回來，全身因震驚而猛烈的顫抖著。

「那幾個字母的意思是不是——」Jame似乎比我更驚訝，他僵硬的呆立著，過了許久才想要向我確定。

「我不知道！」

我粗魯的打斷了他的話，內心千萬個不願意相信，我和他就這麼一籌莫展的站在原地，對於那幾個字母提供給我們的線索，大為苦惱。

「不管怎麼樣，我們都應該確定這件事的真實性！」我用力伸了個懶腰，大聲吩咐道：「Jame，今天中午，將所有人都集中到西雅圖中學靈異社裡，我要做一個測試！」

沒錯！不論Jone在死的時候看到了什麼，不管他究竟是怎麼死的，這件事都應該有個了結。

不論是為了已經死了的他，還是為了活著的、沒有死的，但卻隨時會有生命危險的我們自己……

□

午時，我和詩雅一踏入西雅圖中學靈異社的時候，原本鬧哄哄的人群立刻安靜了下來。將近五十二雙眼睛一眨不眨的看著我，我尷尬的咳嗽了一聲。

「Jone的死究竟是怎麼回事？你不是說詛咒已經解開了，不會再有人死了嗎？」Mark終於忍不住了，他站起來大聲向我質問，頓時有許多人附和的嚷嚷起來。

我用手使勁在門上敲打了幾下，發出「砰砰」的響聲，強迫他們安靜下來後，這才不慌不忙的說道：「你們憑什麼認為Jone是死於詛咒？」

「但是Jone死亡時候的樣子，和Davy一模一樣，那不是詛咒是什麼？」Mark得理不饒人。

「你們沒有聽法醫的鑑定嗎？Jone是死於心肌梗塞，他和Davy有從屬血緣關係，兩人死於同一種病並不奇怪。」

「可是你不是說，Davy是因為詛咒才死掉的嗎？」Mark的聲音漸漸小起來。

我在臉上撐出笑容道：「我只是說有這種可能。現在看來，Davy應該是死於心肌梗塞才對，至於那個詛咒，我發誓，確確實實已經不存在了。」

見我言之鑿鑿的將話都說到了這個地步，Mark總算放心了。他憨厚的衝我笑道：「對不起，剛才對你那麼凶，我只是想知道Jone到底是不是那東西害死的。Jone是我的好朋友，或許是我太敏感了。」

「Jone也是我的朋友，我絕對不會讓他死得不明不白！」我真摯的向他點點頭，內心略微生出一絲罪惡感。

並不是我不願意告訴他們Jone絕非因病猝死，而是不能，一是為避免他們恐慌，二是怕打草驚蛇。

我的臉上帶著虛假的微笑，高聲說道：「相信大家已經從Jame那裡知道了來這裡集合的目的。我想請大家幫我一個忙。」我將手中的一疊紙舉起來：「這是我暑假作業裡邊的一個調查報告，只有一個問題，請大家把自己認為正確的答案寫在下邊。拜託！」轉過頭對詩雅說道：「請妳幫我把測試卷發下去。」

我隨意的找了一張凳子坐下，眼神似不經意的打量著所有人的表情。

許多人看到了試卷的問題後，大多或驚訝或大笑或是搖頭。這些情緒完全都在自己的意料之內，又耐心的等了好幾分鐘，等到最後一個人停了筆，我才示意詩雅將所有的試卷都收了上來。

「大家可以走了，謝謝你們的配合和幫助。Jame 和詩雅能稍微留下一會兒幫我整理資料嗎？」

我拿了試卷向全部人道謝後，對他們眨了眨眼睛。

那兩隻狐狸立刻會意的點頭。

剛走進西雅圖中學靈異社的研究室，詩雅的好奇心立刻爆發了：「夜不語，你究竟在搞什麼鬼？居然出了那麼一道古怪的測試題讓大家做。」

我沒有理她，自顧自的一邊看著那一大堆測試，一邊問 Jame：「Jame，關於 Davy 死亡時候的房間擺設，你調查到了沒有？」

Jame 點了點頭：「和你猜想的一樣，Davy 死的時候確實應該接到過電話。而且也和 Jone 一樣，話筒都沒有掛好。」

「那去電話公司調查的結果呢？」

「完全查不到。根據法醫的判斷，Davy 和 Jone 都是午夜過後，大約凌晨一點左右猝死的，而電話公司方面說，在那個時段，根本就沒有任何電話打去和打出過。」

Jame 大為苦惱。

「喂，人家在問你話呢，幹嘛不理不睬的！」詩雅用力在我背上擰了一下，痛得我差些叫出聲來。

「幹嘛！沒看我正忙嗎？」我狠狠瞪了她一眼。

Jame 眼見我們快要擦出了火花，立刻手忙腳亂的走出來打圓場：「Annie，還是我來說明好了。」他將今天早晨我們調查到的線索，一五一十的講了一次。

詩雅頓時驚訝得什麼話都說不出來了。

「你們的意思是，上次我和夜不語並沒有毀掉它，而且它現在……」她用力的搖頭，不願意讓自己相信那個可怕的念頭。

「所以我才不想告訴妳。」我嘆了口氣：「這件事太驚人了，我怕很多人都承受不了。」

「那你的意思是，那是真的？」詩雅艱難的吞下一口唾沫。

我苦笑著搖了搖頭：「還不能確定，畢竟我們都沒有確鑿的證據，說不定一切都只是巧合！」

詩雅和 Jame 對望了一眼，然後不約而同的學著我的樣子，搖頭苦笑起來。

「話又說回來，你出那道古怪的測試題，究竟是想證明什麼？」詩雅突然想起了什麼，又大為好奇的問。

「對啊，說實話，我也很想知道！」Jame 撓著腦袋，用熾熱的眼神望向我。

「嗯，總之，早晚也要向你們解釋的。我就用這道題考考你們好了。」我回過頭看了他們一眼，然後將測試題唸了出來，「有一個女孩，很美的女孩，她的母親突然逝世了，在她母親的葬禮上，那個女孩看到了一個十分帥氣的男孩，丘比特的箭就在女孩的視線接觸到男孩的那一瞬間，刺中了她的心。

「短短的葬禮，女孩沒有勇氣走近男孩，更沒有勇氣主動和他說話，但是女孩很明白，那就是所謂的一見鍾情。她知道自己已經深深愛上了他。

「葬禮過後，單相思讓女孩廢寢忘食、臥不安席，她瘋狂的想念著那個男孩。於是三天後，她殺掉了自己的姐姐。」

我衝他們神秘的笑了笑，「我的問題是，為什麼那個女孩要殺掉自己的姐姐？我要提醒你們，正確的答案只有一個。」

「簡單！」詩雅首先舉手答道：「剛才我就想過了，那個男孩一定是那女孩的姐夫，或者和她姐姐有關係的人，所以她才對自己的姐姐心生嫉妒。為了和自己深愛的人永遠在一起，女孩殺掉了自己的姐姐！」

我不置可否的衝 Jame 問道：「你的看法呢？」

Jame 神色沉重的思考著，過了許久才答出自己剛寫的答案道：「或許是那個女孩想要和男孩在一起，但她的姐姐卻很討厭那個男孩，不准他們交往，而且還用許多不齒的手段阻止他們見面。

「最後那女孩終於受不了，為了自己的幸福，她毅然殺掉那個阻礙自己幸福的老姐！」

我長長的舒了一口氣，大笑道：「看來你們的答案都很正常，不錯，一般人大多都會這麼想，所以你們都錯了。」我隨手將那疊測試卷拿起來，繼續道：「但是你們知不知道，這二十六份測試卷的答案裡邊，居然有一個人答對了！」

「誰這麼聰明？」Jame 和詩雅立刻好奇的問。

「這根本就不是聰明不聰明的問題。」雖然臉上依然帶著笑，但我的神情卻明顯變得焦慮起來，「對了，你們想不想知道正確答案？」

「當然想！」

他們立刻急切的點頭。

「嘿嘿，我可沒這麼好心，先吊足你們的胃口，今天晚上再告訴你們。」我不懷好意的笑著，快步跑了出去。

詩雅和 Jame 先是一愣，隨後握著拳頭向我追來。

心情越來越沉重了！

如果說，Jone 給我們的死者留言中，那幾個英文字母所組成的意思，是一個巧合的話，那麼這個測試指出的結果，為什麼又能和那幾個英文字母不謀而合？

古埃及曾有一句諺語說，第一次的相同叫做幸運，第二次的相同叫做巧合，而第三次的相同就是必然，不會有任何東西相同了三次後，仍然是巧合。

但令我頭痛的是，現在所有的所謂線索，都是自己的判斷和猜測……

突然感覺內心很惶恐，或許自己的猜測沒有錯。

那個詛咒根本就沒有消失過，只是隱藏在了陰暗處，慢慢地，無聲地，向這個鎮上所有的人越靠越近……

第八章 除靈

夜色又濃了起來，黯淡的月光寂然無聲的灑在大地上。開始起霧了，這些淡薄的白色渾濁氣體，在樹林中縈繞遊蕩，就像一群冤魂不散的幽靈。

這片樹林安靜得有些怪異，說它怪異，其實還算恭維了這個地方，四周的景色呈現一種靜態，沒有風吹過樹梢的聲音，沒有晝伏夜出的蚊蟲拍動翅膀的聲音，甚至連夏夜裡聒噪的蟬也出奇的一聲不吭。

就在這種靜態中，一個白色的身影慢慢的走入了樹林。它蹒跚的緩緩移動著，慢慢的、悄悄的，走到樹林中央的那一塊碩大的空地上。

那塊空地有被火焚燒過的痕跡，附近的樹木也都被燒得面目全非了。它的腳步絲毫沒有停頓，呆板的踩過橫七豎八倒在地上的焦木，繼續呈一條直線的向前移動。

不知走了多久，它終於停了下來，那個白色的影子蹲下身子，開始在地上挖起來，它十分努力的挖著，就算手被殘瓦劃得血肉模糊了，也絲毫沒有理會。

突然，有幾道手電筒光芒照射在那個白色的身影上，但那個影子像是完全沒注意到一般，依舊不斷挖著。

「果然是妳！」我、Jame和詩雅神色凝重的從藏身處走出來，眼睛一眨不眨的盯著那個身影。

那個白色的影子終於站起了身，它緩緩的轉過頭，用陰冷的眼神望著我們。

我感覺心臟猛烈跳動了起來，咳嗽一聲，大聲說道：「Jone和Davy都是妳殺死的吧。不用狡辯，在Jone死的時候，他用盡最後的力氣，在床下地板的灰塵上寫了Haren這五個英文字母！而妳知不知道，這些字母第一時間讓我想到了什麼？」

「應該是一個人的名字。」詩雅非常配合的接下話題。

「不錯，確實是一個人的名字。一個女人的名字！」我努力讓自己的臉上浮現出一抹微笑，用來緩解心中的痛苦：「在美國，很少有女孩取名叫Haren，所以第一次聽到這個英文名的時候，我就很奇怪，而且對這個名字產生了很深的印象。

「理所當然的，當時我立刻就想Jone臨死前，是不是想要告訴我們犯人就是這個英文名字的主人。」

詩雅望著那白色身影，眼神中充滿了焦慮，「但光憑這一點就說她是罪魁禍首，是不是過於牽強附會了？」

「只憑這一點，當然不能確定，所以我才刻意安排了下午的測試，我想知道這個名字的主人是不是有問題。

「其實測試卷上的問題，是出自一位十分有名的心理學家，這道題本是用來測試一個人的神經和意識是否正常的。一般正常人都絕對想不到正確答案，但是那二十六份測試卷中，居然有一個人答對了！」

我猛地向前走了兩步，盯著她道：「答對的那個人就是妳——遙嘉！不！應該叫妳木偶小姐！」

穿著白色連衣裙的遙嘉，臉上絲毫沒有流露出任何表情，她呆板的望著我，突然咧開嘴笑了。

我努力的壓抑下恐慌的心緒，一邊向Jame和詩雅打了個眼色，一邊繼續說道：「你們不是很想知道那個測試題的答案嗎？其實那個女孩殺死自己姐姐的理由十分單純，由於她對那個男孩的思戀過於強烈，以至於神志開始陷入瘋癲的狀態。

「她每天都在想自己怎樣才能見到那個男孩，三天後，終於讓她想到了一個非常簡單的方法。她一邊癡癡的笑著，一邊拿起刀用力刺入姐姐的心口，腦中只是想著，這樣就有葬禮了，在葬禮上，自己又可以見到他了……」

我又不經意的向前走了幾步，走到距離遙嘉僅有三公尺的距離才停下：「試問，這種答案一個正常人又怎麼想像得到？如果Jone的死亡留言是妳的英文名字，僅僅是個巧合，而妳可以答對那個測試，也只是巧合的話，那這兩個巧合加起來，我已經有足夠的理由懷疑妳了。

「其實早在溫哥華遙家的舊宅時，當我提到小潔姐姐的死，或許和一個人形物體有關時，遙嘉的表情就很奇怪。但很可惜當時我並沒有特別留意，更沒想到妳這個利用阿不珂盧斯驅魔陣吸收了幾千個冤魂的黑暗產物，早就隱藏在遙嘉身上！

「哼，妳究竟還想要向多少人報仇？害死妳主人的那個富翁早就死了，難道一百年的漫長時間，還不足以消磨妳的怨恨嗎？」我大聲喝斥著。

突然，遙嘉的身體慢慢搖晃起來。她抬起頭，眼中流露出的滿是悲痛。

這時我才發現她的右手中，不知何時起握了一個三十幾公分高的木偶，十分漂亮的木偶，那個木偶穿著白色的洋裝，身體纖細修長，相信只要是人，只需要看它一眼，就會被它深深的吸引住。

究竟要多細緻入微的雕功、投入多少心血和注意力，才能雕刻出這樣完美的木偶？莫名其妙的，我感覺自己的眼神再也離不開那個木偶的身軀。我癡癡的望著那個木偶，甚至臉上也浮現出癡癡的笑容。我感覺自己的心神全都依附在木偶上，腳步遲鈍的開始向遙嘉走去。

木偶那因劃滿刀痕而顯得呆板猙獰的臉，淡淡的散發出陰冷的光芒，它的眼睛就像直直的正看著我，甚至連嘴角也流露著詭異的笑。

「夜不語，不要看那個木偶！」詩雅衝我大叫一聲。

我全身大震，總算是清醒過來，急忙向後猛退幾步。

只見詩雅和 Jame 趁我在和那個黑暗的產物說話時，已經按計劃準備妥當了，這才對被我們三人圍在三角形最中間的遙嘉微笑道：「妳知不知道，剛才為什麼我會和妳這個聽不懂人話的東西，說那麼多廢話？哈，因為我想要拖延時間，讓 Jame 把驅魔陣完成。」

被木偶附身的遙嘉依然呆呆的站在原地，沒有任何表情，也沒有絲毫想動的意思，只是用冰冷的目光望著我，她手上的木偶似乎也死死的看著我，眼神中充滿了詭異。

我感覺心臟在緊縮，恐懼猶如洪水橫流般不斷湧入大腦。

正在大腦暗流激湧，痛苦得快要爆裂時，Jame 高舉魔法陣圖喊道：「來源於光明的聖明啊，請你們用你們的慈悲來化解恐懼，讓來自於黑暗的一切仍歸於大地！」

強烈的白色光芒從巨大的魔法陣中湧出，一絲絲一縷縷光線，像有生命般縈繞在所有人的身上，時間似乎也在魔法陣中停止了。

光線緩緩流動，如同漩渦從最外層流向最內層，在遙嘉的身旁，光線緩慢的動態變為了絕對的靜態。最後，積累得越來越多的蒼白光芒，刺眼的猛然一閃，全部衝入了遙嘉的體內。

遙嘉痛苦的大叫著。她用雙手捂著腦袋，慢慢的往地上倒去，表情依然呆板猙獰的木偶，從她的右手裡滑落出來。

不知過了多久，光芒才漸漸消散，寂靜又再次回到了這片恢復了黑暗夜色的空地上。我、Jame 和詩雅全身脫力的跪倒在地上。

即使是現在，我的心依然在「怦怦」亂跳著。

「小夜，你這臭小子什麼不選，偏偏要挑這個薩克瑞德驅魔陣，你想要我的命啊！」Jame 用手撐住身體，氣喘吁吁的說道。

我苦笑了一下：「我國的孫子兵法說，知己知彼，百戰不殆。但現在的情況是，我們根本就不知道那個玩意兒的實力，我只好選最強的驅魔陣賭一次了。弄得這麼狼狽，你以為我樂意啊！」

詩雅抬頭向遙嘉和木偶望去：「看來我們的運氣還不賴，居然賭贏了。」她轉過頭來看著我，古怪的笑道：「夜不語，你是怎麼猜到那東西今晚一定會到這個被我們燒掉的教堂來的？」

「很簡單，因為阿不珂盧斯驅魔陣的特質。」

「那個驅魔陣有什麼特質？」詩雅疑惑的問。

我望著她，無可奈何的嘆了口氣：「妳真的是神棍嗎？看妳的樣子，怎麼連一點驅魔陣的常識都不知道？」

「人家早說過不懂西方的那些東西嘛，我祖母從沒有教過我！」詩雅嗔道。

「好了，算我怕了妳。」我耐心解釋起來：「阿不珂盧斯驅魔陣雖然有強大的力量，但是要完成它，卻需要許多繁重的程序。

「上次 Jame 只是在誤打誤撞之下將之啟動的，其實整個魔法陣並沒有完成，所以那個木偶雖然吸收了大量的冤魂，但實際上，根本就無法離開這座教堂，我猜想它之所以會附身在遙嘉的身上，也是因為這個原因。

「妳知道充電電池吧，如果將裡邊儲存的電用光了，就必須要將電再充進去。那個木偶也是一樣，如果它想要報仇，就需要寄生體常常回到這個教堂。」

「難怪你言之鑿鑿的要我們到這裡來埋伏！」詩雅總算明白過來：「那薩克瑞德驅魔陣又是什麼玩意兒？那東西威力很大嗎？」

「當然了，妳沒看見我一選中它，Jame就差點哭出來！」神經鬆弛下來後，又想到當時Jame哭喪臉的樣子，我險些笑出來。

Jame咳嗽了一聲，苦笑道：「薩克瑞德是五芒星中最厲害的驅魔陣。它取了神聖（Sacred）的意思，陣如其名，可以封印一切邪惡的東西。

「但最要我命的是，啟動這個魔法陣需要薩克瑞德魔法陣圖這個介質，而且使用過後，魔法陣圖更會灰飛煙滅，要知道，現在這種陣圖世界上已經僅存不到五十幅了……」那傢伙說著說著，又哀怨的狠狠瞪了我一眼。

我哈哈笑著：「不能怪我，事出緊急嘛。那可關乎你們全鎮六百多人的命。更何況這件事本來就因你而起。」

詩雅出神的望著那個木偶，眼神中飽含著同情：「究竟有多大的怨恨，才會讓那個孩子變成靈魂也呈現黑色的魔鬼呢？夜不語，你說如果這個木偶有心、有感情的話，一百多年不斷積累的怨恨，會不會也會令它痛苦？」

「我不知道。」我不置可否的搖搖頭，「我沒有婦人之仁，也沒有妳們女人那種對弱勢氾濫的同情心。」

「夜不語，有時候我真想看看你的心是用什麼做的。不該心軟的時候心軟，該心軟的時候，偏偏又變得這麼麻木不仁。」詩雅擺出一張臭臉惱怒的說。

Jame眼見我們又要摩擦出火花，立刻岔開了話題：「究竟遙嘉是怎麼讓那個木偶附身的？小夜，你有沒有什麼頭緒？」

「很簡單，把那個小妮子叫醒就知道答案了。」我吃力的爬起來，向遙嘉走去。

那小妮子一直都靜靜的躺在地上，突然我害怕起來。

雖然那個木偶被我們封印了，但遙嘉在強迫剝離附體的情況下，神經究竟能不能受得了？

如果她受不了死掉了、又或者因為刺激太大，瘋掉的話，我該怎麼向遙叔叔和遙阿姨解釋？

最重要的是，小潔姐姐她就算去了天堂也絕對不會原諒我。

上帝啊，我只不過是個十六歲的少年罷了，幹嘛要讓我承受這麼大的罪過？

想到這裡，我感覺自己緊張的口乾舌燥起來，用力舔了舔嘴唇，我雙手顫抖的蹲下身，輕輕推了推遙嘉的身體，只見這小妮子豐滿的胸脯微微起伏著，看來還活得好好的，我稍微鬆了一口氣。

突然，一股惡寒爬上了脊背，我的全身頓時僵硬起來，只感到身上的兩百零六塊骨骼、四百條肌肉和腿上的兩百多條韌帶，全都被身後那一股帶著強烈怨恨的視線凍結了。

強忍著劇烈的痛苦，我吃力的緩緩回過頭，只見Jame和詩雅帶著驚駭恐慌的表情，死死的望著我的腳下。

我下意識的低下頭，恐懼立刻席捲了自己，只感到僵硬的身體更加僵硬了。是木偶！那個木偶雙腳站立著，它用小手抓著我的褲腳，白色的洋裝在風裡不斷擺動。

風？什麼時候起風了？

因為恐懼，我的雙眼睜得斗大，木偶緩緩的抬起頭來，那張劃滿傷痕的臉，猙獰的對著我。

我和它的四目相接，不知過了多久，那張只是用刻刀在硬木上雕出的呆板卻又絕麗的臉，它的嘴角居然微微的咧開。

它……笑了！

怪異而又陰冷的笑。

我的大腦頓時一片空白，視網膜上那張恐怖的臉孔越靠越近，越變越大，最終張開血盆大口，凶殘的將我吞噬下去。

在意念就要崩潰的剎那，我在心底不斷的大罵起來，這玩意兒究竟是什麼見鬼的東西？居然連薩克瑞德也封印不了，看來這次是真的玩完了！

不甘心！

絕對不要這麼丟臉的死掉！

第九章 思戀（上）

清醒過來時，只知道四周有風。腦袋變得十分混亂，甚至可說是一片空白。風，不知從何處吹來，而且毫無徵兆的變得這麼大，我莫名其妙的獨自坐在遙家屋後的山坡上，對著腳下的林海吹著笛子。

突然記起老爸這個酸腐的文人曾說過，笛聲是有生命的，它透過吹笛人的心情，然後去影響聽笛人。

老爸的話總是很牽強附會，俗話雖說狗嘴裡吐不出象牙，但有時候狗牙也是挺值錢的，至少這句話我就認為有道理。

不知為什麼，我的心情壞透了。在這種極壞的心情下，吹出的笛聲雖然響亮，但卻很亂，亂得難以成調。

風默默的在為這極其淒苦的笛聲伴著奏，它那翻天倒海的力量，在此時卻變得如此溫柔，像在安撫一顆迷失在茫然中的心……

突然像是想到了什麼，我頓了頓，這才發現自己早忘了從何時開始坐在這個鬼地方的，全身都很疲倦，而且情緒煩躁。我根本就不想再繼續吹下去，但卻始終無法把嘴邊的笛子停下來。

於是，笛聲這種讓心情越變越糟的深沉旋律，不斷在我的吐息間響起。

該死！不知過了多久，這種令我痛苦的狀態才停下來。

我長長的嘆了口氣，正要將那根害我要死要活的笛子甩掉，沒想到，自己的雙手居然又將笛子湊到了嘴邊。

這次的笛聲突然溫柔起來，似乎想要與風競爭，那可惡的旋律輕輕的摻入風中，在林海上空迴盪。

遠處，夕陽送來的最後那一抹慘紅，依然盡忠的照亮大地。黯淡的殘光，似乎感到了自己能量的不足，羞澀的躲在被它染得通紅的樹後。

我望過去，不由得讚嘆起來，那是一棵傲然高聳而又不在強風中曲腰的樹，縱使是它的枝葉被風殘酷的掀起，撕離母體，也沒有絲毫的屈服。

笛聲又轉了一個調，我記得這個旋律，是〈小草〉。有沒有搞錯，這首我幾乎只聽過一兩次的曲子，怎麼可能吹得出來？

好不容易又能將笛子從嘴邊移開，站起身，我喘著粗氣，想將那根笛子遠遠的丟出去，剛舉起手，突然從身後傳來了一陣掌聲。

我被嚇得險些摔下山坡，驚訝的轉過頭，卻發現遙叔叔一家人全都走到了我的身後，而且站在他們身旁的還有詩雅。

今天的她穿著一身白色的套裙，膚色出奇的白皙。

原本便很清麗的她不知為何顯得更加絕麗、凹凸盡顯的身子霞姿月韻，給人一種說不出的吸引力，而且最顯眼的是，她頭上那個粉紅色的大蝴蝶結，淡淡的殘陽下，散發出動人心弦的蒼白光芒。

詩雅背著手衝我輕笑，很美，真的很美……

「你吹得真好！」她讚了一句，頑皮的對我眨眨眼睛，又道：「以前你不是常說，在我的身上找不到一絲東方女孩的韻味，要紮個蝴蝶結才好看，那現在呢？」詩雅低下頭，輕輕的擺動腦袋。

不知為何，我突然感到自己輕鬆下來，好像悶在心頭很久的東西，終於被一吐而盡，舒暢多了。

我動動筋骨，把已經痠痛的腳拉直，這才慢慢地站起身來。

「你們好好談，我們這些電燈泡要閃了！」遙叔叔不懷好意的看了我們一眼，笑著拉了自己的老婆和女兒，從後門走進屋裡。

我好笑的望向詩雅，心想，自己和她的關係什麼時候變得這麼好了？

只見詩雅不安的揉著裙角，似乎在猶豫什麼，許久她才開口道：「今天是我的生日，我想請你參加今晚的舞會，但如果你沒空的話，我……」

她沒有再說下去，因為我低下了頭。內心深處不知有什麼在不安分的蠢蠢欲動，沒有任何理由，我總感到現在這種融洽的狀態，似乎哪裡有問題。

我和詩雅就這樣相對站著，就像是一場關乎生死的比賽，比賽誰沉默得更久。風越來越猛了，不斷吹動詩雅的白色長裙，她像是絲毫沒有感覺一般，呆呆的站著，眼眶開始紅起來。

這種狀況我清楚，一般在肥皂劇和青春偶像劇中，只要女主角一露出這種楚楚可憐的樣子，下一刻就絕對會採用淚水攻勢！

一向害怕看到女孩哭的我，立刻舉手投降道：「我可沒說過不去啊，要知道，對於漂亮女孩的邀請，我夜不語是從不會拒絕的！」我謹慎的措著詞，望著詩雅那張欲哭的臉又道：「妳先到車上去等我，我要拿些東西。」

既然是生日，當然要送生日禮物了。

我背過身去，努力掏著自己全身上下所有的口袋，最後居然只找出一個小小的精品盒。

搞什麼，我什麼時候變得一貧如洗了？

唉，沒辦法！我四處望了望，隨手在地上撿了一塊還算看得過眼的石頭，裝進盒子裡，打算到時候用自己超厚的臉皮，外加三寸不爛之舌，蒙混過去。

「有什麼事讓你不高興嗎？你今天的笛聲裡邊全是憂鬱。」

車子在黑夜的公路上行駛著，四周一片黑暗，只有車燈吃力的不斷劃開前方不遠處的夜色。車內的黃詩雅也許是有意想打破我和她之間如死的沉靜，她終於問了一句。

「也沒什麼大不了的。」我尷尬的笑起來，難道要告訴她，自己是在和一根甩不掉的笛子嘔氣嗎？為了岔開話題，我將準備蒙混她的生日禮物遞給了她：「這個送給妳。」

「啊！太棒了，我可以現在打開嗎？」詩雅高興的用雙手捧住。

我立刻咳嗽了一聲：「最好不要，這個在月光下打開才會有意思。」

「好吧……不過打開的時候，你一定要陪著我。」她笑了，像蕩漾著的秋水，那一剎那間，我似乎感覺整個車內都亮了起來。

「妳怕我送妳潘朵拉寶盒嗎？」我也笑了，邊笑，邊故意將視線轉向鑲著滿天星辰的夜幕，心想，她最好不要抱太大希望。

往往希望越大，失望就越大，如果她看到我居然膽敢送她一顆小石頭，會不會拿菜刀砍我呢？

依照那傢伙平常的性格，八成會！

不過，她平常的性格不也是這麼溫柔嗎？

車內恢復了安靜，我和黃詩雅默不作聲的靜靜想著心事。

又過了不久，不遠處已隱約可以看到一座亮滿燈的房屋，那是今晚詩雅舉辦舞會的地方。

一走進門，我就被房間裡的嘈雜嚇了一大跳。在那個響著音樂的客廳裡擠滿了人，他們正瘋狂的跳著舞。

詩雅那傢伙理所當然的拉過我的手，在人群間遊走，為自己的朋友介紹我。

今天的她究竟是怎麼了？腦袋不是有問題吧？

我感覺頭腦更加混亂了。詩雅似乎原本的性格就是溫柔大方，但我偏偏又覺得哪裡不太對。

「喂，你在想什麼呀，都不理人家！」詩雅將我拉出人群，指著身旁的一組沙發說：「你累嗎？我們坐那裡休息一下吧。」

「妳不用太在意我，去招呼妳的朋友們好了。」我好意提醒她。

「沒事的，他們都很隨便。呵呵，難道你不想和我在一起嗎？」她神秘的對我笑著，眼睛裡散發著令人心跳的異采。

我愣了愣，順從的在她身旁坐下來。

「對了，我們一起跳支舞好嗎？」詩雅望著我輕聲問。

「我不會跳。」我慌忙擺手。

「但你的笛子吹得那麼好！」

「小姐！笛子吹得好關跳舞什麼事？！」

「物以類聚嘛！我不管，非要和你跳！」她幾乎是拖著將我拉上舞台，臉上露出頑皮的笑容。

我無可奈何的嘆了口氣：「妳會後悔的。」

音樂開始了。我隨著節奏笨拙的跳著，不但洋相百出，而且腳還像用鋼琴彈〈鈴兒響叮噹〉時按C大調，那麼頻繁的踩在詩雅的腳上。害我有好幾次羞得想要走開，卻被她緊緊的抱住了。

詩雅忍著我的踐踏，始終沒有吭過一聲，最後索性將頭倚在我的肩上，輕輕說道：「別慌，我幫你數拍子，跟著我的聲音跳就好了……」

過了一個世紀，還是一秒鐘？我不敢確定，只知道一首曲子終於結束了。突然感覺很累很熱，於是我獨自走出屋子，信步來到後花園。

月亮很圓，它將絲絲淡黃色的光輝灑在大地上，讓地上的一切都披上了層朦朧的神秘。不遠處有個噴泉，此時正向空中努力的噴著水，似乎有心將水射到月亮上去。

在這片寂靜中，滿腔不安的心緒總算稍微平靜下來。我坐到噴泉的邊緣仰起頭，開始數起了星星，直到一陣輕柔的腳步聲傳來。

「記得小時候外婆教我數星星，她說，這樣可以將煩躁和不快的心情全都忘掉。可惜她在我六歲的時候就死了，死在牛棚旁的破屋裡，據說是很安詳的死去的。而這個方法，我一直都用著，一直用到現在……」

我嘆了口氣，死死的盯著滿天星辰，這片天空少有的飄浮在文明的足跡之上而沒有受到污染，很純潔，沒有一絲髒的感覺。

星星不斷的閃爍，似乎在告訴我逝去了什麼，然而又得到了什麼，西邊的天空有一條很長的光帶，是銀河！

「六年多沒有看到過銀河了，在我的記憶中，它似乎是在一夜間消失的。」我又低下頭默然的注視著池中的水。突然感覺很奇怪，今天的自己究竟怎麼了，為什麼會變得如此多愁善感？

詩雅關心的望著我，一直沒有開口，只是安靜的聽我發牢騷。

直到我不再說話，她才望著頭頂的月亮，從裙兜裡拿出那個盒子在我的眼前晃了晃，「我現在可以打開了吧！」

我點點頭，正想要開始胡扯那顆石頭雖然看起來平凡，但其實對我有多重要、多有價值等等，卻聽到詩雅「啊」的驚叫起來。

「好美！」看來是發自內心的讚嘆。

我好奇的望過去，頓時滿腦困惑的呆住了。只見她的手中平放著一顆晶瑩剔透的圓形小石頭，它在月光下，泛著似乎屬於自己的黃色光芒。雖然黯淡，卻很堅強，就像蘊含著某種強大的生命力。

就算白癡也看得出，那根本就不是自己在山坡上隨手撿來的石頭！

這究竟是怎麼回事？

難道是我的虔誠感動了上帝，顯現神蹟了？

絕對不可能，像我這麼慵懶的人怎麼可能虔誠得了，更何況我從來就不信教！

管他那麼多，先哄了眼前這傢伙再說：「這是我的幸運石，本來是一對的，但其中一個我把它放在國內，它們已經陪伴我十多年了，希望妳會喜歡。」我面不改、心不跳的撒著謊。

詩雅很高興，她愛不釋手的將那顆石頭放在手心中輕輕的握著，那種小心翼翼的樣子，就像是握著一個弱小的生命。

然後她又用那一瀅清麗如水的目光望向我，微笑道：「謝謝，這麼貴重的禮物，我一定會像愛惜生命一樣愛惜它。」

這段話後，我和她又像找不到共同話題，相互沉默起來，四周一片寧靜，月光淡淡地瀉在地上，像是在對大地柔情的訴說，有陣風吹過，它很輕鬆的吹動不遠處的玫瑰花叢，捲起了大量紅色的玫瑰花瓣。

我深深吸了口氣，只感到肺中充滿了玫瑰那種憂鬱的清香。

詩雅突然開口了：「如果有女孩說自己喜歡你，那你會怎樣回答？」她靜靜地坐到我的左邊，將一副毫不經意的臉孔擺了出來。

我認真的想了想，然後回望她，盯著她那發亮的眸子說：「那要看我是否喜歡她了。」

「那你有沒有喜歡的人？」她急切的問，偏又將臉轉向了另一邊。

我笑著，緩緩的掏出一枚硬幣將它投入水中，直到水波慢慢的擴散開，最後消失了，這才道：「曾經有過，但現在沒有了。」

「如果告訴你，喜歡你的那個女孩是我呢？」詩雅的眼神中，同時透出了一絲欣喜與一絲憂慮。

「那就要看妳是不是有誠意了。」我的心猛跳了一下。

「我愛你。」黃詩雅站起身走到我跟前，她一眨不眨的望著我，深邃的眸子散放著動人心弦的美。

我也站起身來，用手輕輕梳理著她烏黑的長髮，然後一把粗暴的抱住她，將臉慢慢向她靠近。

詩雅呼吸急促起來，她沒有反抗，也沒有躲閃的意思，只是順從的閉上了眼簾，嘴角輕輕浮現出一絲笑容，一絲溫暖卻又讓人感到怪異的笑容。

我哈哈笑著猛然推開她，大聲說道：「雖然妳很完美，但是我不會愛妳！」

詩雅全身一震，她驚訝的睜開眼睛，聲音哽咽的悵然叫道：「為什麼，我是那麼愛你，比愛自己的生命更愛你，為什麼你不能愛我？」

我凝視著她，哼了一聲道：「因為妳根本就不是黃詩雅！」

第十章 思戀（下）

「你終於醒了！」

當我清醒過來時，立刻有個甜美的聲音，帶著欣喜若狂的感情色彩，傳進我的耳中，我用力的搖了搖腦袋，然後睜開眼睛。

窗外的陽光十分刺眼，朦朧的白色光芒中，只見詩雅正面色焦急的望著自己。

我努力在臉上堆積出一點笑容，輕聲問道：「我怎麼了？」

「你不記得？」詩雅滿臉的驚訝，她用手摸了摸我的頭，然後又仔細的打量了我好一會兒，確定沒問題後，這才說：「你已經昏迷兩天了，前晚我們三個人去教堂的廢墟那裡，收拾附身在遙嘉身上的木偶，除靈雖然成功了，但是你被垂死掙扎的木偶怨靈襲擊，然後昏了過去。我和Jame好不容易才把你搬回來。說真的，你很重耶。」

「那真是抱歉了。」

我苦笑著從床上坐起身來，丟失的記憶在慢慢恢復著。

終於，我回憶起了一切，也想起了昨晚自己昏倒後，做的那個十分真實而又過於稀奇古怪的夢。在夢裡，那個粗魯不可愛的黃詩雅，居然變得那麼溫柔，而且還向自己表白。

我側過頭望向坐在身旁的詩雅，不由得看得呆了，浸染在清晨陽光中的詩雅，臉孔帶著一種不食人間煙火的絕麗，她長長的黑色柔髮，在陽光下泛出瑩光流轉的異彩，黑白分明的大眼睛，長長的睫毛微微抖動著。

在我的肆意注視下，詩雅的臉微微一紅，嗔道：「看什麼？人家的臉很髒嗎？」

唉，看來昨天的夢果然只是個古怪的夢，不過俗話不是說日有所思，夜有所夢，難道自己在潛意識中喜歡她？

不可能！我怎麼可能喜歡這個只有臉蛋、沒有絲毫內涵的小妮子？

我用力的搖搖頭，試圖將這個無聊的念頭甩開。

不過，這次真的是一切都結束了吧。

根據詩雅說，遙嘉因為被我們強迫剝離附體狀態，雖然頭腦只受到輕微的影響，但也幾乎喪失了最近幾個禮拜的所有記憶，於是遙叔叔和遙阿姨便帶著她去紐約，拜訪一位熟識的著名腦科醫生，希望可以對遙嘉的病情有所幫助。

看來一時之間，是不能從遙嘉的嘴裡，知道她為什麼會和那個木偶扯上關係了！

下午閒得無聊，我將買來的速食倒扣在背上，和黃詩雅緩緩向公園走去。不知為什麼，突然感覺很累，我三步併作兩步的走進草坪，一屁股坐到草地上。

「今天是星期二，我到美國已經有十多天了吧。」我一邊咬著漢堡，一邊胡思亂想著。

詩雅想了想說道：「如果從我們第一次見面那天開始算起，已經有十五天零六個小時。換句話說，我們已經認識九百零六個小時，那可是一共有五萬四千三百六十分鐘之多呢！」

「妳居然會這麼清楚？」我大為驚訝。

詩雅微笑起來：「當然了，怎麼可能記不住？第一次見你那天，小夜強硬的表情，我想我永遠都忘不掉，那時你真的好帥！」

「會嗎？」我一向都很厚的臉皮，居然不由得紅起來，急忙岔開話題：「妳有沒有發覺，今天的公園裡似乎特別安靜？」

「平常不就是這樣嗎？」詩雅毫不在意的反問。

我搖搖頭，向四周望去，這是公園裡十分偏僻的角落，四處的參天大樹幾乎蓋滿了天空，枝椏繁茂得就算光線也難以往下透。

常常聽 Jame 說，這個公園後邊是個大森林。它的直徑有近一百多平方公里，森林西邊的盡頭，還連接著一個早就沒人居住的印第安村落。那裡現在已經變成了波特蘭國家公園的一部分。

遙嘉那小妮子，早就信誓旦旦的說要開車帶我去騎印第安人的馬，等那傢伙病好回來後，絕對要她兌現。

我打了個很大的哈欠，略微抬起頭，不住打量著身旁的景色。

離自己不遠的地方，居然有個五百多平方公尺的大坑，坑裡的植被長得很茂密，這讓人非常容易看出這塊怪異土地的本來面目——巨大的橢圓形，活像個隕石坑。

奇怪，自己也是這個公園的常客了，為什麼以前從沒有看過這個很顯眼的標誌？

我迷惑的爬起身，拉了詩雅緩緩走到那個圓坑的正中央，然後在不遠處一組供人野餐的石桌椅上，坐下來。

實在沒有什麼好奇怪的東西。

透過樹的縫隙，我隱約可以看到遠處玩耍的小孩，風緩緩的吹動樹葉，發出輕微「沙沙」的聲音。一切都那麼自然，而且非常平靜諧和，或許是因為木偶的事件，讓我變得太過多疑了吧！

吃飽後，正想在草地上舒服的躺一下，突然有個沉重的聲音，從遠處向這兒傳過來。

我被嚇了一跳，眼睛一眨不眨怔怔的望著傳來聲音的那個方向。

不知過了多久，只見幾隻動物慢吞吞的從北邊的樹林裡走了出來。

是鹿，三隻鹿！

牠們披著暗紅的顏色向這兒走來，就算看到躺在地上滿臉吃驚的我，也絲毫不在乎，只是傲然地昂起頭，用鼻子向我噴出一些廢氣，就算是打招呼了，然後又視而不見地繼續走牠們的路。

不一會兒便穿過了這空曠的幾百公尺，進入到另一端的森林裡。

「美國的動物還真幸福，沒有人會去打擾牠們的生活，那些梅花鹿一定無憂無慮的吧。居然這麼跩！」我隨手扯了一根草放到嘴裡咬著，一邊無聊的多愁善感。

「其實人不也很幸福嗎？」詩雅溫柔的說道。

「人？嘿，人就可憐了，每個人都有自己的想法，只要活下去，就永遠輕鬆不起來。更慘的是，人每天都在努力壓迫和被壓迫之間掙扎，而且絲毫不知道反省，還要受到來自各方面感情的束縛。恐怕有些人從出生到死掉，從來就沒有真正的開心過！」我嘆了口氣。

「人哪會有這麼慘？小夜，你太偏激了！」詩雅不信的搖搖頭。

我笑起來：「妳知道為什麼嬰兒出生時的第一件事，就是哭嗎？」

「不是因為他們想哭嗎？」

「當然不是。」我抬起頭凝望著她明亮、深邃朦朧的眼睛說道：「因為就連嬰兒也知道自己投錯了胎，神讓生物投胎為人，不是獎勵，而是懲罰。在這個疲倦的世界上的人，大富大貴的人在痛苦，饑餓貧困的人也在痛苦，根本就沒有人幸福嘛。」

「我不信。我覺得只要有一個自己喜歡的人，和他結婚生子，然後可以和他永生永世的在一起，就是幸福。」

「膚淺，這樣真的就可以幸福嗎？」我對她的話嗤之以鼻。

詩雅靜靜的看著我，然後用力的點了點頭。

我苦笑起來，將手裡的可樂丟給她說道：「走了。」然後逕自向公園東面走去。

那裡的人不如想像中的多，而且大部分都是孩子。他們正在免費的遊樂園中玩耍，草地上還有幾個人開心的玩著棒球。

免費公園是美國的一大特色，它沒有門也沒有牆，只是在特定的幾個地方釘上一個牌子，寫上公園的字樣。這種公園在美國很多，光西雅圖就有一百多個。

天氣依然很熱，十天或更長時間沒有下過一滴雨了。前方的自動噴水器開啟，噴出的水在空中形成了一道彩虹。

忽然，我呆住了，全身因為吃驚而僵硬，那種僵硬帶著強烈的震撼，不斷衝擊著大腦。

不遠處，有個女孩安靜的在夕陽中向我點頭，一如許多年前一樣，她依然愛微笑，而且那笑曾讓我陶醉很久。

我驚訝，只是因為我絕想不到自己會在這個時間、這個地點，在這種情況下，在這輩子還能見到她。

「怎麼？你認識她嗎？」詩雅詫異的問道。

「是小潔姐姐！」我的聲音在顫抖。

「怎麼可能！」詩雅驚訝的叫出聲來：「你的小潔姐姐已經被木偶害死了，而且她的樣子根本就不像。」

我沒有理會她，只是輕微的喘著氣，帶著滿臉呆滯的表情走了過去。

「我的朋友常跟我提起，他和一個女孩在一起的情景。他們愛玩一種剪刀、石頭、布的遊戲，誰輸了，就要揹另一個人。」我走到幾乎要和那女孩鼻息相觸的地方，努力壓抑著語氣，淡淡地對她說：「可是一直都是男孩子在揹，累得他氣喘吁吁，而女孩便總是在他背上拍手喊加油。」

那女孩目不轉睛的望著我，就像許多沉浸在回憶裡的少女，她露出了甜甜的笑：「對啊，這是女孩很小的時候發生的事，不過現在回憶起來，她也覺得很甜蜜。」

「哼，可是妳知道那個故事的結局嗎？那個小女孩突然走了，一走就是四年，而且沒有給那男孩寫過一封信，沒打過一通電話。她根本想像不到他有多擔心。他的心幾乎都碎了！」

我激動起來，一拳打在身前的松樹上。樹被打得不停搖晃。

女孩的笑在那瞬間停止了，她將哀戚凝固在臉上，「也許是那女孩子沒有勇氣打電話和寫信，更不敢去面對他……你以為那個女孩子不痛苦嗎？她常常無端的哭泣，哀求自己的媽媽讓她回去，哪怕她一個人在國內生活也好！」

女孩那雙漂亮的大眼睛終於流下了淚，淚珠在太陽的照耀下，發出七彩的光芒。

我又愣住了，臉上的呆滯變為了滿腔欣喜：「小潔姐姐！妳真的是小潔姐姐！妳沒有死？」

「不對！小潔姐姐已經死了，那個人是假的。」詩雅一把抓住了我的胳膊。

「不，她是真的，不然她不會知道這段台詞！」我用熾熱的眼神，死死的望著近在咫尺的小潔姐姐，彷彿只要一眨眼，她就會永遠的消失掉。

小潔溫柔的望著我，明亮的眸子中透露著關切：「詩雅說得沒錯，我確實因為那個木偶的詛咒死掉了。但不知道為什麼，你們封印住那個木偶的怨靈後，我就莫名其妙的站在這裡，就像上天要讓我等什麼似的。直到我看到小夜的時候才明白，原來上天是讓我等小夜你。」

她輕輕的挽住我的手，微笑道：「小夜，我們回家吧。」

「小夜！不要跟她走！」詩雅焦急的拉著我的衣角：「你真的相信這個來歷不明的女人的話嗎？」

「我信。」我毫不猶豫的點著頭，轉頭向詩雅說道：「一切都結束了。那個木偶被我們成功的封印住，這個鎮上的人也不會再有人死於詛咒。而且最重要的是，小潔姐姐回來了。我相信遙叔叔、遙阿姨和遙嘉那小妮子回家後，一定會很驚訝的。」

我深深吸了口氣：「真希望他們快點回來，然後，我就可以看到那一家人驚訝的掉下巴出糗的樣子了！」

「小夜，我……難道……」詩雅咬著嘴唇像是想要說些什麼，最後只是輕輕的低下頭，放開了緊拉著我不放的手。

□

「小夜，我有多久沒有為你做過飯了？」小潔姐姐把我的頭枕在她的大腿上，一邊舒展手臂，一邊問道。

「好久了。大概有三、四年吧。」我思索了一下。

「好，那今天我來做飯。小夜要吃什麼？」她用手輕輕的撫摸著我的臉，眼神中流露著毫無保留的愛意。

「不放洋蔥的牛肉咖哩加馬鈴薯泥蓋飯。」

「好複雜的要求。」小潔姐姐看了我一眼，「你這麼多年來偏食的習慣還是沒改，其實洋蔥很好吃的。」

「洋蔥太臭了，而且莫名其妙的想賺人家的眼淚。我討厭它那種惡劣的行為，就算碰它，我都覺得是在侮辱我自己的人格，何況是要將它塞進嘴裡，然後咀嚼它！」我狡猾的笑著。

「好啦，我做就是了。總之，我從來就說不過你。」她用白色的絲帶將自己有如瀑布般烏黑飄逸的長髮紮成馬尾，然後走進了廚房。

突然像想到了什麼，小潔姐姐從廚房裡探出頭又說道：「冰箱裡有可樂，自己拿好嗎？耐心等我一下就好了。」

我無聊的等了一會兒，直到廚房裡傳來一股飯香，才隨手打開冰箱拿出可樂，一邊喝，一邊走進了廚房。

「要幫忙嗎？」看到她正忙得不亦樂乎，我忍不住問了一句。

小潔姐姐轉過身，將我趕了出來：「你到客廳去乖乖地等著我把菜端上來，這就是對我最大的幫助了！」

「可是……」

「可是什麼？」她一邊忙一邊笑著問。

「妳的飯快糊了。」

「天哪，我真笨！」小潔姐姐急忙關上了火，清麗白皙的臉上升起了兩朵紅暈：「抱歉了，小夜，我再重新做一次。」

「不用了。」我揭開鍋蓋，將上邊還沒焦的白飯舀進了碗裡，說道：「其實偶爾吃吃帶著焦味的飯，也是別有一番風味的。」

吃過飯，天已經完全暗了下來。

新聞剛播報完今晚會有五級風，風就開始不斷在屋外呼嘯起來，扯得附近的大樹啪啪作響。過了夜晚八點，這種比暴風還有過之而無不及的五級風才停下來，然後便開始起霧。

濃且黏稠的白色霧氣在窗外翻騰，越看越讓人覺得詭異。即使打開了家裡所有的燈，我依然有種毛骨悚然的感覺。

小潔姐姐輕輕的從身後將我抱住，將嘴湊近我的耳朵，用低得不能再低的聲音說道：「小夜，要不要和我一起洗澡？」

我頓時僵住了，原本靈敏的腦袋，一時理解不了這幾個字的意思。

小潔姐姐見我呆呆的不聲不響，便用細微的聲音又重複了一遍。她的臉頰羞紅的深深埋進了我的肩膀。

「一起洗澡？也就是說，兩個健康的男女脫光光，一起浸泡在不足四平方公尺的浴池裡，也就是說，比男女混浴的溫泉還容易出現意外情況，也就是說，不小心出現了意外狀況，這個世界就很可能不小心增加兩個成年人。嗯！似乎滿複雜的！」

好死不死，我的邏輯思維偏偏在這種非常時刻甦醒了。

「今天早晨我才洗過，晚上不想洗。」違心的謊話脫口而出，我一邊全身緊繃、大汗長流，一邊裝作毫不在意的笑著。

「小夜的臉紅了，好可愛！」小潔姐姐笑起來，她閉上眼睛，向我耳朵裡哈出一口氣，「很晚了，小夜，去睡吧。」

我逃命似的走進臥室，關上門，背靠著門深深呼吸了好幾次，心臟依然不受控制的胡亂跳動著。

總感覺復活後的小潔姐姐很奇怪，不但因為一向廚藝高絕的她會將飯煮過火，還因為她變得很媚，很有吸引力，而且更大膽了。

那種一邊露出羞澀的臉，一邊說著令人浮想聯翩的話的神態，越看越像是遙嘉和小潔姐姐加起來再平均相除後得出的性格。

狠狠搖了搖腦袋，我關了燈爬上床。全身的神經繃得緊緊的，害得我絲毫找不到睡意，只好在床上焦躁的翻來覆去。

不知過了多久，臥室門突然被輕輕敲響了。

「小夜，你睡了沒有？」小潔姐姐低聲問，聲音中帶著一絲溫柔和羞澀。

「還沒有。」

我正準備坐起身將燈打開，小潔姐姐突然又道：「不要開燈。」

接著，傳來臥室門被開啟的聲音。

我在黑暗裡睜大眼睛，只看到一個黑影迅速的走到床邊，滑進了被子裡，頓時一陣溫馨的青春氣息，混著女兒家特有的幽香傳入鼻中，然後有兩條滑膩如凝脂的手臂，穿過我的腋下，緊緊的將我抱住。

小潔姐姐似乎沒有穿任何衣物，因為我能很確切的感覺到，有兩顆柔軟豐滿的不明物體正壓在胸口，壓得我幾乎喘不過氣來。

「小夜，你會不會討厭比自己大的女生？」

小潔姐姐的呼吸越來越急促，我感到心臟不由自主的「怦怦」亂跳著，也不管她在黝黑一片的情況下是不是看得到，只是下意識的搖著頭。

「那小夜是喜歡我了？」她翻動身體，將我壓在身下，然後輕輕的將頭倚在我的胸口，又道：「我一直都很喜歡小夜。從小，我就幻想著每天都能和你在一起，為你做飯，洗衣服，然後生下許多小孩子，對我來說，那就是我全部的幸福。」

軟玉溫香抱在懷裡，我卻只感到全身僵硬。

小潔姐姐近在咫尺的幽馨吐息，與身體上完全無阻礙的摩擦，讓我的大腦刺激得快要爆開了。

「小夜，你會不會娶我？」小潔姐姐微微抬起頭，在黑暗中和我的眼睛對視。

混亂的大腦受到感覺神經不斷傳來的強烈刺激，居然絲毫不再處理任何從耳膜振盪得來的資訊。

我完全不知道她在說什麼，再次下意識的點頭後，才發現，小潔姐姐是要將她自己嫁給我。

「真的，太好了！」小潔姐姐感覺到我在點頭，聲音頓時因欣喜而顫抖起來，「好棒，我們現在就結婚，就舉行一場只有我倆的婚禮！」

終於，舌頭恢復了功能，我好不容易才從嘴裡吐出一連串乾燥沙啞的聲音：「但結婚似乎是一件大事吧，要父母雙方的同意，還要請司儀主持婚禮，新娘穿著漂亮的純白婚紗和新郎接吻，然後要用鮮花將禮車裝飾起來，還要在車後邊拖著一大串易開罐才行！好像不能什麼時候想到要結婚，就什麼時候結啊。」

「小夜不想和我結婚嗎？」小潔姐姐的聲音立刻哽咽起來。

突然感覺有幾滴水滴落在了臉上，我慌忙又道：「就當我剛才說了一堆廢話好了，但結婚再簡單也要穿婚紗，找個教堂和證婚人啊！」

「教堂、證婚人……和婚紗嗎？」小潔姐姐停止抽泣，愣了愣，她從床上站起來，「小夜，等我一下，我知道該去什麼地方了。」

□

瘋狂翻滾的霧氣不知從什麼時候起消散得無影無蹤了，蒼白的月光下，小潔姐姐穿著雪白的婚紗，拉著我的手走進樹林裡。

黯淡的月光似乎具有強烈的穿透性，它毫無阻礙的穿過濃密的樹枝，照射在小潔姐姐的臉上。

今晚的她透露著一種震撼人心的美，她的頭上紮著一個粉紅色的大蝴蝶結，而臉上帶著一絲羞澀的紅暈，一絲滿足的微笑。

溫馨的體溫透過我倆相互緊握的手中傳遞著，她不時的回過頭望我，每次和我的眼神相觸，都會向我露出甜蜜的笑容。

雖然直覺在告訴自己，絕對不能跟她去那個地方，那裡等著自己的只有萬丈深淵，而且隨時會命喪黃泉。

但每次接觸到那種笑容，強韌的判斷力立刻便會土崩瓦解。

時間似乎在單調的腳步聲中停止了，突然聽到身後不遠處有「沙沙」的輕微聲音，明顯是有人在跟蹤我們。

我正想回頭看看，究竟是哪個傢伙居然蠢得用這麼爛的跟蹤技術，在自己身後班門弄斧，猛地感到小潔姐姐更用力的握住了我的手。她原本那充滿靈性與異采的眸子微微一暗，接著加快了腳步。

濃密的霧被風從東面吹了過來，頓時整個樹林裡伸手不見五指。

月光不見了，失去視力的我內心一陣恐慌，那種不知自己究竟是被黑暗包圍，還是被霧氣包圍，看不見的地方究竟會不會有意外危險的恐慌，不斷在心裡越積越累，最後幾乎要到爆炸的地步。

「小夜害怕嗎？」小潔姐姐溫柔的說道：「不要怕，就快到了，我們就快可以永遠在一起了。」

眼前突然一閃，終於走出了樹林。

為了快速恢復視力，我用力眨了眨眼睛才向前望去，卻不由得呆住了。腳下竟然是個直徑達三百多公尺的大圓坑，坑四周很圓滑，看不出是人工造成，還是自然形成的。

最令人驚訝的是，圓坑中央有個非常大的教堂，樣貌極其古怪，但卻嶄新的教堂，那個教堂裡透出微弱的燈光，橘黃的燈光，那些燈光似乎並不穩定，投射在地上的光輝飄渺寂寥，給人一種說不出的詭異氣息。

奇怪了，這種景象似乎在什麼地方見過？

「教堂、婚紗和證婚人這樣就全都有了。我們過去吧。」小潔姐姐整理了一下婚紗，然後挽著我的手臂慢慢走向教堂，她深呼吸一口氣，接著推門走了進去。

「小姑娘，今天妳想懺悔什麼？」正在十字架前禱告的神父轉過身，露出白森森的牙齒問道。

我不禁對他產生了興趣。這個神父大概五十歲左右，滿臉蒼白沒有血色，而且皮膚上長有許多像是屍斑的褐色斑紋，只要一說話，他的門牙和虎牙就會整個露出來，白森森的，讓人感覺十分不舒服。

「神父，我想在今晚和他結婚。」小潔姐姐側過身凝視著我的眼睛：「我和他都是真心相愛，想要生生世世永遠廝守在一起。」

神父笑了，他用毫無精神的昏黃眼光望向我，點了點頭：「我一定會幫你們好好安排這場婚禮。」

□

「遙潔小姐，妳願意嫁給夜不語先生為妻子嗎？並且不論貧困、疾病、痛苦，都會永生永世的愛著他？」神父問道。

在搖爍不定的千支燭光下，小潔姐姐莊嚴肅穆的臉上，浮現著嚐遍百味的神色，她閉上眼睛，然後又不捨的睜開，用熾熱的深情眼神久久凝望著我：「我願意。」她微笑著，流著淚說道。

「那麼夜不語先生，你願意娶遙潔小姐為妻子，並且不論貧困，疾病，痛苦，都會永生永世的愛著她嗎？」神父和遙潔對望了一眼，然後耐心的等待我的回答。

我在心裡暗暗嘆了一口氣。

娶遙潔當妻子，這不正是我從小的夢想嗎？

有這麼一個我喜歡的人這樣的愛我，默默的聽我說每一句話，為我做飯洗衣服，還會在冬天手感覺冰冷的時候溫暖我，這麼溫柔的一個人，不就是我夢寐以求的結婚對象嗎？為什麼就要邁出最後一步的時候，我居然會猶豫不決？

就在我咬咬牙，正想說出「我願意」這三個字時，教堂的大門突然發出「啪」的一聲，門被踢開了。

「小夜，還好我來得及時。」詩雅氣喘吁吁的走進教堂，她指著小潔姐姐大聲說道：「那個女人根本就不是遙潔，不！她甚至不是人！她是那個木偶，那個被我們封印住，然後不知道用什麼方法逃出來的木偶。她根本就是在迷惑你，想要和你定下死神契約後，將你拉進她的世界裡。」

「詩雅，我們一直都是好姐妹，為什麼妳要這樣說我？」小潔姐姐回頭望著詩雅，聲音開始哽咽起來：「難道妳也喜歡小夜嗎？妳想把他從我這裡奪走？」

詩雅冷哼了一聲：「不要跟我來這一套，妳迷惑不了我。」她望著我說道：「小夜，如果你到現在還不相信的話，我可以證明給你看！」

她從背後抽出一張老舊的牛皮紙：「這是我從Jame那裡『借』來的薩克瑞德驅魔陣圖。上次那傢伙可以逃出封印，我不信這次她還能逃得出來。」

「不要！」遙潔驚叫一聲，躲到了我身後。

我一聲不吭的呆站著，內心充滿了矛盾。

詩雅毫不猶豫的高舉薩克瑞德驅魔陣圖，聲音清晰的一字一字唸出咒語：「來源於光明的聖明啊，請你們用你們的慈悲來化解恐懼，讓來自於黑暗的一切仍歸於大地！」

巨大的五芒星在腳下出現，伴隨著強烈的白色光芒從巨大的魔法陣中湧出，一絲絲、一縷縷光線，像有生命般縈繞向教堂裡所有的人。

白光過處，教堂開始土崩瓦解，最後只剩下焦黑的廢墟……這裡竟然就是我們上次封印那個木偶的空地。

時間似乎在魔法陣中停止了。光線緩緩流動，如同漩渦從最外層流向最內層，在遙潔的身旁，光線由緩慢的動態變為了絕對的靜態，最後，積累了越來越多的蒼白光芒，刺眼的猛然一閃，全部衝入了遙潔的體內。

遙潔痛苦的大叫著，她用手捂著腦袋，右手使勁的向我伸來：「小夜，為什麼你還不說『我願意』？我愛你，我比愛自己的生命更愛你，為什麼你不肯說那三個字？」

我呆呆的站在原地，最後深吸一口氣，苦澀的笑了：「對不起……死去的人就是死了。雖然會令活著的人痛苦，但活著的人不管再痛苦，依然還是要活下去。抱歉，我不能跟妳走！」

「小夜……」遙潔絕望的望著我，她的眼神中充滿了怨恨，強烈到幾乎可以侵蝕骨髓的怨恨。

不知過了多久，光芒才漸漸消散。寂靜又再次回到了這片恢復了黑暗夜色的空地上。我和詩雅全身脫力的跪倒在原地。

「小夜，節哀順變吧，小潔姐姐不會回來了。」

我搖搖頭，喉嚨因痛苦而哽咽：「其實早在小潔姐姐突然出現在我面前的時候，我就知道她是假的，只是我的潛意識不願接受這個事實，一味的強迫自己相信小潔姐姐真的復活了，她又重新回到了我身邊。」

長嘆口氣，我不禁苦笑起來：「作家李敖有一句金玉名言，他說每個人都可以罵王八蛋，但只有我李敖可以證明你是王八蛋。嘿，在我第一次看到這句話的時候，就立刻將它變成了我的行為準則，但現在想來，其實我才是個十足的王八蛋。」

「小夜……」詩雅坐到我身旁，用力的握住我的手。

「詩雅，其實在這個世界裡，妳也不是真正的黃詩雅，對吧？」我猛地抬起頭，望著她明亮的流露著異采的眸子說道。

詩雅全身一震，隨後詫異的問：「小夜，你在說什麼啊？我怎麼可能不是真正的我？」

我甩開她的手站起身來：「不要再裝了，真正的黃詩雅是西方靈異文盲，她根本就不知道什麼是死神契約，而且，薩克瑞德驅魔陣圖全世界僅存不到五十幅，西雅圖中學靈異社收集了幾十年，也不過才找到一幅而已，那幅早就在封印妳時用掉了，對吧，木偶小姐！」

突然感覺四周的空間開始扭曲起來，我鎮定的大聲喊道：「求求妳不要再折磨我的意志，摧殘我的思想了，讓我回去吧！我已經明白這一百多年來妳在為什麼而怨恨，為什麼而痛苦了。」

頓了一頓，我又說道：「我以我的命發誓，我會幫妳完成妳的願望！」

第十一章 尋找

「夜不語，你醒了？」

當我清醒過來後，立刻有個甜美的聲音，帶著欣喜若狂的感情色彩，傳進我的耳中，我用力的搖了搖腦袋，然後睜開了眼睛。

窗外的陽光十分刺眼，朦朧的白色光芒中，只見詩雅正面色焦急的望著自己。

我呆呆的看著她，許久後才問了這麼一句：「妳剛才叫我什麼？」

「夜不語啊？」詩雅很不客氣的說道。

「妳叫我夜不語？沒有叫我小夜？天哪，我終於回來了！」我興奮的一把將她擁抱住，喜不自勝的幾乎要手舞足蹈起來。

詩雅頓時全身緊繃，僵硬的身子在我的懷裡輕輕動了一下，我這才發現自己高興得過了頭，急忙放開她。

就只這十多秒的動作，已經讓她面紅耳赤了。她一聲不吭的呆坐著，眼睛亦嗔亦喜的看著我，不知道是生氣還是高興。

我紅著臉咳嗽一聲，問道：「遙嘉那小妮子呢？」

詩雅也是面紅耳赤，她小聲說道：「她完全沒出現我們擔心的情況，一醒來就活蹦亂跳的，不知道有多精神。」

「那就好了。」我微微抬起頭，吩咐道：「幫我把 Jame 找來，我有事情要和你們討論。」

十分鐘後，Jame 和遙嘉都來了。

「我昏迷了幾天？」我首先問道。

「今天已經是第三天了。」詩雅玩弄著自己的手指，低著頭不敢看我：「你昏倒後，那個木偶就突然消失了，遙嘉也恢復了正常，可是我們將你抬回家後，你一直都沒有醒，然後我們叫救護車把你送到醫院。」

我望望這個明亮舒適的房間，又低頭看著手上的點滴管：「原來這裡是醫院啊。遙嘉——」

「我知道你要問什麼。」那小妮子飛快的打斷了我的話：「我坦白好了。姐姐出車禍後，我從她的遺物裡看到了那個木偶。只看了一眼，我就深深被它吸引住了。雖然那個木偶的臉被劃得傷痕累累，但我卻莫名其妙的認為它很美，很想據為己有。

「於是我沒有讓父母看見，偷偷的將它藏了起來，其實，那個木偶是我埋在教堂的，不是我父母埋的……原來那玩意兒果然不是什麼好東西，難怪得到它後，我就常常犯睏。」

「那 Jone 和 Davy……」

「咳！咳！」剛要問及因為木偶的詛咒而死的兩人，Jame立刻大聲咳嗽起來，他暗示性的對我微微搖頭。

我頓時明白，Jame等人並沒有告訴遙嘉，Jone和Davy很有可能是木偶操控她的身體，將他們咒殺的。

其實也對，那小妮子原本就是受害者，何必還要讓她受到更大的傷害呢？

我識趣的岔開話題：「在我昏迷的三天裡，你們知道我去了什麼地方？」

坐在我身旁的人，紛紛配合的搖頭。

我微微苦笑道：「我去了那個木偶的靈魂世界。」

「木偶的靈魂世界？」他們三人吃驚得差些合不攏嘴。

遙嘉皺起眉頭問道：「木偶也會有靈魂？」

「當然有了。」我回答道：「很久以前，研究靈異學的人就認為，只要人對某種物件投注足夠的情緒，也就是說，不管你是非常愛它還是非常恨它，只要對它付出的情緒超過了臨界值，那個物件就會擁有自己的靈魂。而且靈異學者還認為有人形的東西，譬如木偶，就特別容易擁有靈魂和自己的意識。」

「那木偶的靈魂世界是什麼樣子？」Jame這個靈異癡頓時來了興趣。

「它的世界很奇怪，我想了很久，也只能用魔幻這個詞來形容。總之，在它的世界裡，我的意志不斷的被摧殘，幾乎要崩潰了，真慶幸自己還有命出來。」我膽顫心驚的回憶著，繼續說道：「在它的世界裡充滿了它對人類的看法，和它的羈絆。最後，我終於明白它究竟在為了什麼而怨恨。」

「難道，它的怨恨不是因為那個富翁殺害了自己的主人，它瘋狂的想要報仇嗎？」詩雅輕聲問。

我搖了搖頭，「一直以來，我們都理所當然的這樣認為，而且我也全都是圍繞著這個想法在調查，但最後我發現自己錯了，大錯特錯。其實在一百多年前，它咒殺死那個富翁後，它的怨恨就已經消失了，取而代之的是對一個願望的執著。」

Jane 疑惑的問：「既然它已經沒有了怨恨，為什麼會殺死 Jone 和 Davy？而且還詛咒全鎮和那個富翁有血緣關係的人？」

「很簡單，因為一百多年的等待，已經讓它焦躁不安，甚至瘋狂起來。」我的眼中流露出一絲同情，「天知道，木偶的心究竟是怎麼想的。它殺人，或許是想要引起某個人的注意，也有可能僅僅是想平靜內心的不安。

「但是它等待得越久、殺的人越多，內心就越急躁，甚至一百多年前對那個富翁的怨恨，也慢慢重新強烈起來。於是它繼續殺人，想要將心中的痛苦全部發洩出去。」

「那它究竟在執著什麼？它想怎麼樣？」詩雅眉頭大皺。

「其實它的羈絆對人類來說實在很單純，也很基本。但對它而言，卻是個很大的奢望。」

「究竟是什麼羈絆？」

我頓了頓，猛地抬頭望向三人的眼睛：「它想做那個木偶師傅的妻子。」

「什麼！」詩雅、Jame 和遙嘉頓時不可思議的驚叫起來。就在這時，病房的門被猛地打開了，Mark 氣喘吁吁的跑了進來。

「二十分鐘前，全鎮的人都突然昏迷了，怎麼叫都叫不醒，那種症狀就像小夜一樣。」他看見我竟然好好的坐在床上，緊張得臉頓時呆住了。

「你說全鎮的人都暈了過去？是不是像幾天前的那場瘟疫一樣？」Jame 緊張的抓住了 Mark 的胳膊。

Mark 抓起床頭的水杯一飲而盡：「不，這次真的是全鎮所有的人。但很奇怪，西雅圖中學靈異社的人大都沒事。現在 DCUI 的人正趕去鎮裡處理這件事。」

我哼了一聲，從床上跳下來：「那東西果然有點手段，居然拿全鎮的人當作人質。」

「你剛才那話是什麼意思？」Jame 轉過頭迷惑的問。

「趕快逃出這家醫院再說，沒準 DCUI 的人會把我們抓住隔離起來。」我一邊自顧自的拿過衣物隨意的套上，一邊說道：「那個木偶給了我們三天時間，如果到時候還不能幫它完成願望，恐怕全鎮的人和我們都會一起上天堂。」

我長嘆口氣，望向窗外萬里無雲的蔚藍天空，淡然說道：「只是不知道這裡的上帝，會不會接受我這個討厭的無神論者兼王八蛋。」

□

車在濃密的森林裡努力向前爬行著。

坐在我身旁的遙嘉一邊翻著地圖，一邊衝我抱怨：「小夜，你確定這裡有我們需要的東西嗎？」

「我不知道。」我不負責任地回答道。

「你不知道？」遙嘉尖叫起來：「你害我們在森林裡迷路，還害得我在這條顛簸的鬼路顯些把胃給吐出來，最後你居然告訴我不知道！」

「我有什麼辦法，根據Jone留下來的資料，那個木偶師傅的確住在這一帶。我又不是神仙，怎麼可能知道他居然有住在森林的嗜好！而且那裡畢竟經過了一百多年歲月的洗禮，天災人禍下，房子是不是還在，都要打個問號。」我沒好氣的說道。

「早知道我就不來受這個罪了。」遙嘉自怨自艾的說著，然後狠狠捏了我一把：「我說你也夠笨，那玩意兒叫你幫它實現願望，你就乖乖地去幫它，難道你絲毫沒有想過反抗嗎？」

「反抗？」我哼了一聲：「就連薩克瑞德驅魔陣都奈何不了它，恕本人孤陋寡聞、見識淺薄，我實在想不出還有什麼辦法可以搞定它！」

遙嘉一愣，再也說不出話來。

Jame 一聲不吭地開著車，臉上顯眼地寫著「擔憂」兩個字。

我小心地拍了拍他的肩膀安慰道：「不要擔心，死活我們還有兩天時間。俗話說車到山前必有路嘛，我就不信像我們這種福大命大的人，會這麼簡單就死翹翹了！」

正專心找出路的詩雅突然叫道：「那裡真的有路了！」

左邊不遠處一個很不顯眼的角落裡，果然有條小徑，只是兩旁都長滿了厚厚的藤蔓植物，如果不仔細看，絕對看不出來。

「應該是那條小徑了。我的媽呀，那個木偶師傅幹嘛住這麼偏僻的地方？」遙嘉又聒噪起來。

我向前看了一眼，慢慢說道：「其實在一百多年前，這裡曾經是個很小的小鎮，最後有專家說，這個地方地震頻率過高什麼的，總之政府的搬遷令下來，全鎮所有的人都搬了出去，現在只剩下那個小鎮的廢墟了。」

「這就是所謂滄海桑田的意思吧。」詩雅若有所悟地嘆了口氣。

車開到了小徑上，不久後便從另一邊順利的開了出來。一時間只感到豁然開朗，四周都明亮起來。

Jame 突然驚叫一聲，死命地踩下了剎車。我們往外一望，頓時嚇得冷汗直流。

森林的盡頭，居然是一座高聳的山坡，而車就危險的停在山坡的邊緣，只差半個輪胎的距離就會車墜山崖，橫屍五命了。我將頭伸出窗外往下眺望，立刻便看到山坡下星羅雲布著大量的房屋。

詩雅等人順著我的視線望去，只看了一眼，遙嘉立刻叫起來：「有沒有搞錯，那真的只是個很小的小鎮嗎？依照一百年前美國對城市規模的定義，那應該算是個小城了吧！」

「不要管那麼多了，是城市還是小鎮，變成廢墟還不是都一樣。重要的是，我們把我們該做的事情做完，走人就好。」詩雅一眨不眨地望著那個城鎮，嘴裡兀自說道。

我和 Jame 對視一眼，最後搖著頭苦笑起來。「恐怕這個地方是很大的小城，還是個很小的小鎮，對我們很重要。」Jame 無可奈何地嘆了口氣。

「什麼意思？」車上的兩位女士頓時瞪向他。

我望向窗外不由得也長嘆了口氣，解釋道：「Jone 調查的資料上，根本就沒有那個木偶師傅的具體地址，只有提到他生前住在這個鎮裡。我和 Jame 去鎮上的資料室查了許多關於當時木偶展的紀錄，始終找不到那個木偶師傅的確切地址。

「當時我們就想，既然他住的地方是個很小的小鎮，那我們就一家一家的找，應該很快就能找到的，但沒想到這個鎮居然有這麼大！」

「什麼！」詩雅和遙嘉這兩位美麗的女士，立刻不雅的張開嘴，臉上憤恨的神情，完全像是想將我烤熟後一口吃下去。

「算了，在這裡自怨自艾也沒有用，Jame，先把車開進鎮裡吧。」詩雅沒好氣的狠狠瞪了我一眼，又道：「夜不語，你的鬼點子不是一向很多嗎？」

遙嘉也不甘落後的擰了我一把：「這個鎮怎麼看，也不像用兩天時間可以挨家挨戶搜查一遍的地方。小夜，不要怪我醜話說在前面，如果你不想出一個可以在明天日落前，找到那個木偶師傅的家的辦法，我這個淑女一定會先掐死你，然後回家和父母一起等死！」

「不用這麼壯烈吧。」我低聲咕噥著，大腦飛快地思索起來。

但思來想去，總是找不到任何方法。

就現代社會而言，一般要想知道哪家人住在哪裡，只需要去城市或者鎮上的政府機構去查就行了，一百多年前的美國應該也差不了多少，那麼，只需要知道那個木偶師傅的名字就好了。

我打起精神，拿出Jone留下的資料查找起來。沒想到沒多久，就被我給找到了。

「拉傑夫．愛迪克！」我輕輕唸道，然後抬頭對Jame喊道：「第一站，我們先到鎮公所去參觀一下。」

那個鎮的政府機構，比木偶師傅的名字更容易找，汽車開進鎮廢墟後，遠遠便看到了一座高聳的圓頂建築，矗立在鎮的最中央。

根據資料說，最先建造這個鎮的是個荷蘭人，我一直都對這段半信半疑，但當我看到那棟建築時，立刻便相信了，那個鎮公所以及旁邊的鎮警察局，全都是典型的荷蘭風格。

我們五個人下車後，一邊走，我一邊指手畫腳地吩咐工作：「現在我們的目的，是去公所的資料室，找所有叫做拉傑夫．愛迪克的人的住所。」

「拉傑夫？」Jame 突然高興起來：「這個名字在美國實在很少見，那我們尋找的範圍可以小很多了！」

我點點頭：「拉傑夫這個名字，在美國可是出名的十三個最不討人喜歡的名字。同一個地方出現的機率，應該很少才對！」

「但你們似乎都忘了一點。」突然想到了什麼，遙嘉得意的說：「這個鎮在搬遷的時候，怎麼會不將屋裡所有的東西帶走？說不定我們什麼都找不到！」

「絕對不會。」由於心情很好，我少有的耐心解釋道：「政府的搬遷令非常突然，這個鎮上的人帶著逃難的心情逃出去，又怎麼會將那些無關緊要的玩意兒都帶走？我看許多人家裡擺上桌子的飯菜，說不定至今都還好好地放在桌上呢！」

「但這裡真的曾經遭到過地震嗎？」詩雅向四周望了望，「附近的建築根本就是完好無損的嘛，怎麼看也不像被地震摧殘過。」

我聳起肩膀笑道：「有時候，大地也會給人類開一些小玩笑。政府雇用的專家，一定是預測到許多地震前的預兆，然後強制遷移了人民。結果一百多年過去了，這個地方居然連屁都沒有放過一個，更不要說什麼地震了。」

「好了，時間有限，分工合作吧。」Jame首先走進了鎮公所。

五個小時後，我們再也高興不起來了。

「這個鎮上不要說叫拉傑夫·愛迪克的人了，就連叫愛迪克這個姓的人都沒有！」遙嘉氣惱的用力將一疊厚厚的資料丟在了地上。

我皺起眉頭思索了一下，最後滿腔惱怒的大叫道：「一定是那個木偶師傅窮得嚇死人！」

「這關窮什麼事？」詩雅沒好氣地瞪了我一眼。

我苦笑起來：「妳想想看，一百多年前，只要在這個鎮繳納很少的一點錢，就可以有一座屬於自己的房子，他連這個錢都出不起，妳說他有多窮？」我用力地撓著腦袋：「既然他沒有自己的房子，那就一定是租房住了。我的天，這怎麼可能找得到？」

我們五個人絕望的坐在積滿灰塵的地板上。

「算了，我放棄了！」遙嘉頹廢的低聲說道：「死就死吧，一切都怪我不好。要求什麼降靈會想要召喚姐姐的靈魂，結果搞得那個木偶把整個鎮的人弄得要死要活的。唉，詩雅，這輩子妳最大的願望是什麼？」

詩雅強笑著搖搖頭，沒有回答她。

遙嘉繼續用那種半死不活的語調說著：「其實，我這輩子最大的願望和那個木偶差不多，都是想嫁人。只是我想嫁入豪門，老公又帥又體貼，可以讓我貼著他無憂無慮的過一輩子，妳說，這個願望很天真是不是？」她呆呆地望著資料室的天花板，突然大聲哭起來。

「遙嘉，妳鬧夠了沒有，煩死人了！」我氣不打一處來的隨手拿過一張報紙往她扔去，突然，我呆住了。

「木偶比賽！那個木偶比賽！怎麼我早沒有想到？」我猛地抓住詩雅的手，聲音因為激動而顫抖起來，「一般要想知道某個資訊的具體情況，人會選擇哪幾種途徑？」

詩雅愣了愣，雖然不知道我想確定什麼，但深知道我為人的她立刻回答道：「電視和看報紙，當然也可以從別人的嘴裡知道一些東西。」

「一百多年前，當然沒有電視這種東西。而且像木偶師傅那樣的藝術家，一般都是非常孤僻的人，他們不習慣和別人交流。所以那木偶師傅一定是從報紙上得到木偶比賽的消息的，也就是說那個人有訂報紙！」我高聲說道。

「那又能說明什麼？」Jame 疑惑的問。

「這可是決定性的資訊！」我站起身來，「你們應該很清楚，在一百多年前的美國，已經有一種叫做送報紙的職業了。一般都是報社雇人將報紙送到訂閱報紙的那戶人家裡去。既然那個木偶師傅有訂報紙，那我們一定可以在報社資料室裡找到他的詳細地址！」

詩雅等人總算明白了過來，他們也像我一般激動的全身顫抖，突然遙嘉憂鬱地歎了口氣：「小夜，找到了那個木偶師傅曾經用過的東西，真的就可以將他的靈魂召喚回來嗎？」

「絕對可以。」我毫不猶豫的點頭，然後向 Jame 望了一眼。

Jame 確定的說：「只要找到那個木偶師傅曾經用過的東西，然後再到變成廢墟的教堂裡，開啟阿不珂盧斯驅魔陣就行了。」

「但夜不語從前不是說，那個驅魔陣很忌諱在死過人的地方使用嗎？」詩雅問。

「沒關係，那個地方的亡靈已經被木偶吸食得一乾二淨了。」我用力的伸了個懶腰說道：「好，所有的事情都進入正軌了。我們去把它順利搞定吧！」

第二天中午，我們帶著木偶師傅的東西，離開了這個龐大的廢墟。

□

第三天的夜晚終於降臨了。

西雅圖靈異社的人，早早的就在教堂的殘骸上忙碌起來。

畫好魔法陣，擺好蠟燭，然後我讓 Jame 把所有人都趕了回去，只留下我、Jame、遙嘉和詩雅坐在魔法陣的正中央，靜靜等待著。

午夜不可違逆的越靠越近，終於，一團白色的光芒緩緩從教堂的地下升了起來。

居然是個女人，一個容貌絕麗，皮膚細膩白皙的女人。那女人全身都包裹著冷冷的白色光芒，一襲雪白的婚紗，後邊還綁著一團粉紅色的蝴蝶結。她飄浮在空中，帶著寒冷的氣息在我跟前停了下來。

她的眼睛死死地盯著我，眸子中閃動著靜態的流彩。

我一眨不眨地回望著她，鎮定地說：「我答應過的事情，就一定會做到！」轉身踢了眼睛直直的盯著那女人看，差點流出口水的 Jame 一腳，又道：「開工了！」

遙嘉和詩雅將周圍的九十九支蠟燭點燃，我將木偶師傅生前用過的東西，放到了魔法陣的正中央。

等一切都準備好後，Jame 咳嗽了一聲，大聲唸出咒語：「穿過今天與明天的交界，汝將獲得重生。」

本以為會出現刺眼光芒的我們，本能的閉上眼睛。等了一會兒，卻什麼也沒有等到。沒有天崩地裂的震動，也沒有絲毫光芒從魔法陣中泛出，總之，上次啟動阿不珂盧斯驅魔陣的所有現象，這次一個也沒有出現。

Jame 滿頭大汗的又大聲唸了幾次咒語，最後沮喪的望向了我，「到底怎麼回事？」

我們立刻圍了過去。

「不知道，魔法陣完全無法啟動！」Jame 哭喪著臉說道。

「不可能，我們明明就確定過，這絕對是屬於那個木偶師傅的東西！」我驚訝得叫出聲來。

「難道，那個木偶師傅已經沒有絲毫留戀的上了天堂？」Jame 抱頭叫道。

靜靜飄浮在空中的木偶，似乎越來越沒有耐心了，從它身上散發出的寒意充斥了整個空間，身上蒼白的光芒也不住地閃爍著。

木偶再次用冰冷的視線向我望來。突然，我們的頭腦裡同時出現了一個聲音，那個聲音帶著無盡的焦急與痛苦，甚至還有一絲惱怒。

「死了！我們全部都會死！」遙嘉猛地哈哈大笑起來，她自暴自棄的指著木偶喊著：「告訴妳，妳的主人從來就沒有愛過妳，更沒有想過要娶妳做妻子，這一切都只是妳一廂情願罷了！」

「不！我愛他，他也愛我，比自己的生命更愛我。」那個聲音在我們的腦中迴盪著。

遙嘉冷哼了一聲：「那為什麼他會不出來？妳知不知道，阿不珂盧斯驅魔陣可以通向天堂和地獄，只要對人世間還有絲毫的眷戀，就可以憑藉這個驅魔陣將他的靈魂召喚回來，但是妳的主人卻連影子都找不到，也就是說，他對妳根本就沒有絲毫的留戀，他根本就不愛妳！」

「妳說謊！」語氣變得狂躁起來。

木偶化身的女人，周圍的光芒突然暴漲。遙嘉驚叫一聲，整個身體猛地被一股莫名的力量掐著，拖到了空中。她痛苦的叫喊，手臂瘋狂地胡亂擺動著。

一直沉默不語的詩雅望著我，遲疑的說道：「你發覺沒有，我們帶回來的木偶師傅的遺物上，絲毫沒有那個人的思念，我覺得一定有問題！」

「什麼問題？」我見遙嘉一時半刻還死不了，就由得她在那裡殺豬般地嚎叫。

詩雅皺起眉頭思索道：「一般人用過的物件，上邊都會多多少少沾有那個人的思念，就算是那個人死了以後，思念還是會存在，只是變弱了很多。但那個木偶師傅的東西上，卻完全沒有。我想要出現這種狀態，就只有一種情況。」

她沉聲說道：「那便是在木偶師傅死掉的一瞬間，他的所有意志和理念都從身體上脫離出去，全部進入了某一個物件了。」

「某一個物件？究竟會是哪個物件？」我苦惱的思索著，突然靈光一閃。

我和詩雅不約而同的抬起頭望著對方。我只感到自己的心臟因激動而瘋狂的跳動著。

我緩緩的走到那個女人的身前問道：「妳的本體呢？把它交給我。」

木偶單純的判斷能力已經被遙嘉的話混亂了，它陷入了本能的瘋癲狀態。頓時一個陰冷的聲音在我腦中響起：「死！你不守諾言。死！」

我大喝一聲：「妳究竟想不想再見到妳的主人？」

不斷暴漲的白色光芒，就在快要吞噬我時唐突的停止了，那個女人身子一顫，終於鎮定了下來。

接著，廢墟最右邊的大量石塊，不斷被一種看不見的力量從地上拉扯起來，不久後，露出了一具木偶。

一具三十公分高，穿著白色洋裝的漂亮木偶。那個木偶被劃傷的臉猙獰的面向我，黑色的眸子，似乎散發著奪人心魄的光彩。

我將那具木偶放到了阿不珂盧斯驅魔陣的中央，然後示意 Jame 再唸一次咒語。Jame 猶豫不決的望著我，我笑著，鼓勵道：「這次一定會成功！」

「穿過今天與明天的交界，汝將獲得重生。」

一陣強烈的光線從驅魔陣中滲透出來。光線強烈卻並不刺眼，如霧一般縹緲，但是卻令人感覺異常的寒冷。

突然，木偶冰冷的臉上突然綻放出了笑容。淚水，不可抑制的從她眼角流出。我向魔法陣中望去，只見一個蒼白的男人，正和木偶化身出的女子，面對面的相互對望著。

他倆的眼神中，充滿了癡情和經歷了一百多年等待後，終於能夠相聚的欣喜。

男人也流著淚，他輕輕地拉住了女人的手，最後緊緊地將她擁抱在懷裡。緊緊地，就像在害怕自己一放手，就要再次經歷百年的等待一般。

我拿著聖經來到他們之間，咳嗽了一聲問道：「拉傑夫．愛迪克先生，你願意娶纖兒小姐為妻子，並且不論貧困，疾病，痛苦，都會永生永世的愛著她嗎？」

「我願意。」他微笑著，流著淚說道。

「那麼纖兒小姐，妳願意嫁給拉傑夫．愛迪克先生為妻子嗎？並且不論貧困，疾病，痛苦，都會永生永世的愛著他？」

在搖爍不定的百支燭光下，木偶閉上眼睛，然後又不捨的睜開，用熾熱的深情眼神久久凝望著自己的主人：「我願意。」她的臉上充滿了滿足與幸福的微笑。

兩人的目光再次交纏在一起，他們快樂的對視著，擁抱，接吻。最後在一片白色光芒中，消逝在虛空裡。

我們四人呆呆的望著他們消失的地方，久久不能言語。

這種寂靜的平衡不知過了多久才被打破，遙嘉和詩雅感動地悄悄流著眼淚。

Jame 深深吸了口氣，感嘆道：「沒想到令那個木偶等待了一百多年、讓它瘋狂、甚至不惜焦躁得殺人的木偶師傅，居然一直都在那個木偶的體內。你說是不是造化弄人呢？」

我望著天空，淡然說道：「世間上最大的距離不是天涯海角，也不是生離死別，而是自己最愛的人就在自己身旁，而它卻永遠都不知道。」

一百多年的漫長等待，終於有了結果。那對相互癡戀的情侶會永生永世的相愛下去，他們會永遠幸福吧？如果這個世界上真的有上帝的話，祂，會不會也會祝福他們呢？

不過這次應該結束了吧，一切都結束了……

尾聲

在西雅圖又無聊的待了幾天，拜祭小潔姐姐的墓後，我決定回國。

在機場，遙家、西雅圖中學靈異社成員以及詩雅都來送了我。

「好朋友！」Jame 走到我跟前，伸出手叫道。

「好朋友！」

二十八個人，五十六隻手同時重疊在了一起。

「小夜，我有話想單獨和你說。」詩雅神情古怪的看著我。

我點點頭，跟她走到沒有人的地方。

「有什麼……嗯！」話還沒有說完，只感到一個溫暖、濕潤的嘴唇蓋在了我的嘴上。

唇分，她把纖細的中指按在我的嘴唇上，露出了頑皮的笑容：「這是小潔姐姐求我給你的禮物。嗯，而這個……」

還沒等我凌亂的大腦回過神來，她柔柔的嘴唇再次溫柔的蓋在了我的嘴唇上。

這個吻不知持續了多久，當四片嘴唇再次分開時，她背過身去，輕輕地說道：「而這個，是我給你的送別禮物……」

□

西行的飛機終於起飛了。

我摸了摸自己的嘴唇，不禁啞然失笑。也許是天意弄人吧，第一個吻我的女孩是鬼，而第二個吻我的女孩卻是半個神棍。唉，看來我這一輩子都別想和怪異的事情劃清界線、擺脫關係了吧！

望向機外，飛機正穿過對流層而飛向平流層。想一想，一個多月前我來的時候，也是這麼注視著窗外的雲層，只是眼神更加憂鬱罷了。

以後的生活又將會出現什麼呢？

突然，有些害怕了……

影

影，簡簡單單的一個字，卻有許多種含義。可以是光線被物體阻擋，鏡面或水面映照出來的人、物形象。可以是，人或物體遮住光線而投下的暗影。也能定義為模糊的形象。甚至，指精神世界的體現。

無論如何，這個故事，或許會給你提供另外一種對「影」的解釋。雖然，這個解釋並不那麼討喜、甚至會令人恐懼。

楔子

「人類眼中的世界其實很奇怪，每個人看到的東西或許都是不同的。例如影子，沒有人看到過影子的真實形態，因為見過的人，已經死掉了。」

這是黎陽死前，寫在日記本上的一段話。他的妻子在整理遺物時，不小心將日記本翻了出來。這段話寫在本子的封面上，可是妻子怎麼看都沒有看懂。影子，每個人都有，可是，沒有聽說過誰看到影子之後會死掉。或許黎陽在死前，精神已經出了問題。

沒錯，黎陽是自殺的。他趁著妻子出差，在臥室裡用一根繩子將自己勒死了。按理說人沒有辦法勒死自己，可他偏偏死了。警方也定義為自殺。

直到現在，妻子也不明白，自己的丈夫為什麼會自殺。黎陽的生活很簡單，跟妻子的關係也不錯。如果非得說他的精神有異樣的話，妻子絕對不相信。所以丈夫沒有徵兆的自殺後，她懵了。

但是生活，總得要過下去。還好從前存款還算有一些，妻子依舊住在那棟失去了丈夫的房子裡，過著跟從前似乎差別不大，但卻略顯冷清的日子。家中少了一個人，始終顯得不太舒服，因為死過人，朋友也不敢到自己家裡玩。

妻子覺得自己清閒了下來，她每天下班後就翻翻微博、看看電視，想念丈夫時就拿出相冊瞅瞅。就這樣過了一個多月，晚上，她臨睡前鬼使神差的翻出黎陽的日記本，百無聊賴的翻看起來。文字很乾澀，如同流水帳般附帶催眠效果。妻子並沒有想過要從這本日記本中找出丈夫自殺的原因。

合攏筆記本時，黎陽自殺前寫下的那段話再次躍入眼眶裡。

「人類眼中的世界其實很奇怪，每個人看到的東西或許都是不同的。例如影子，沒有人看到過影子的真實形態，因為見過的人，已經死掉了。」

她默默地唸出聲，仍然對這句話百思不得其解。一直以來，她都認為自己很瞭解自己的丈夫，可是直到他自殺。她才明白，自己從來都在自欺欺人，她從來沒有真正瞭解過他。他也從來沒試圖讓自己瞭解他。兩人看似很親近，但卻隔著世界上最遙遠的距離。

女人輕輕嘆了口氣。她放好丈夫的日記本，關了燈上床睡覺。夜色渲染了整個大地，黑暗在人類睡眠時吞噬著所有看得見以及看不見的東西。黑夜，是影的世界。

暗夜中有東西在蠢蠢欲動，它彷彿在伸出觸角，輕輕的在房間裡亂竄，發出聽不到的嘶吼聲。女人被驚醒了過來，她睜開惺忪的睡眼，看著黑暗的臥室。雖然腦袋運轉得很緩慢，但是她卻真切的感覺到房裡的溫度有些異常。似乎，太熱了！

她打開床頭燈，節能燈慘白的光芒充滿這個不大的空間。房裡空無一物，只有遮蓋住光線的地方投射出長長的影子。這些影子在午夜顯得特別刺眼，甚至帶著些許的邪惡感。

她走下床，上了趟廁所，回來的時候突然手腳冰冷的停在原地。離她幾公尺遠的地方，赫然有個淡淡的影子投影在窗台下。那地方，正是丈夫自殺的位置。妻嚇呆了，她沒辦法動彈，只感覺全身的寒毛都豎了起來。

「鬼！有鬼！」她的腦子裡只剩下這個念頭。黑影出現了幾秒鐘，就在眼皮子底下消失得無影無蹤。她眨巴著眼睛，實在搞不清楚自己究竟是沒睡醒出現了幻覺，還是真的看到了影子的存在？

燈光緩慢的照射著房間，窗台下被光芒射透，根本就沒有任何阻擋光線的影子。或許真的是錯覺！

妻子回頭看了看錶，頓時再次愣住了。凌晨三點四十三分，正是法醫判斷的，黎陽的死亡時間！她有些害怕，蜷縮在床上一整晚都沒睡著。

第二天一早，妻子便搬回了娘家。母親覺得這樣也好，早點走出前夫的死亡陰影，也比較容易尋找下一次婚姻。

「將那間房子賣掉吧。」母親建議。妻子腦海裡翻來覆去都是黎陽的死、以及驚鴻一瞥看到的淡淡影子。她無法確定那是不是錯覺，思考了幾天，終於還是決定採納老媽的意見，將老房子賣了。

死過人的房子不好賣，價格低於市價很多才終於脫手。妻子將房中的物件打包，一寸一寸撫摸著空蕩蕩的屋子和牆壁。這裡，有太多的回憶。真的賣了，搬走了，一時間很難接受。

臨走前，妻將黎陽的日記本帶出了門，路過垃圾桶時本想隨手扔掉。可總感到捨不得，最終嘆了口氣，還是塞回了手提包中。

「人類眼中的世界其實很奇怪，每個人看到的東西或許都是不同的。例如影子，沒有人看到過影子的真實形態，因為見過的人，已經死掉了。」她始終沒有弄懂這段話。時間再次如流水般流淌，轉眼就過了一年，女人有了新男友，也到了論及婚嫁的時候。

她完全忘記了前夫，全心全意的投入新戀情中。男友很體貼，也很浪漫。她像是年輕了許多歲，甚至有了初戀時候的羞澀。這晚，她躺在男友的懷裡，討論著婚禮的事宜。兩人完全忘了什麼時候睡著的。

黑暗瀰漫了一切可見以及不可見的地方，影子的世界裡，就算有光明，也被壓抑得忽略不計。房間裡有股熱呼呼的溫度在流淌著，朦朧中，妻似乎聽到熟悉的聲音在尖叫。

她驚醒了過來。熟悉的聲音隨著意識的清醒而變了音調！房中亮著曖昧的燈光，可就在這粉紅色的光芒裡，男友滿臉呆滯的站在原地，他死死的盯著窗戶的位置，眼睛一眨都不敢眨。

「怎麼了？」女人撐起身體懶洋洋的問。

「我似乎看到了什麼東西。」男友驚恐的轉頭看她，臉上有掩飾不住的恐懼。

「什麼東西？」她不在意的隨口問。

「影子，奇怪的影子。」

這句話如同一盆冰冷的水，將她徹底的澆醒。一年前自己恍惚看到的影子，帶著強烈的壓抑以及恐怖的影子，那個她無法用語言和文字具體描述的影子，再次回到了腦海。她猛地顫了一下！

「什麼樣的影子？」女人縮回被子裡，恨不得將頭也埋進去。

「我不知道該怎麼描述，總之是一團很怪的影子。只出現幾秒鐘就消失了。我都搞不清楚究竟是不是眼花！」男友想了想，覺得自己有些小題大做。但那種莫名其妙、猶如被掠食動物盯住的、從內心深處發出的恐懼，至今都讓他雙腳發顫。

看看錶，剛好是凌晨三點四十三分。

他鑽回了床上，在她的額頭上吻了一下，「睡吧。」

「嗯！」女人點頭，將身體緊緊的靠著他。她全身冰冷，臨了關閉床前燈時，好死不死的往窗台下望了一眼。猛地，在燈光熄滅的一剎那，她看到了那團奇怪的影子，影子彷彿有了不同的形狀，它似乎在看著她。

女人全身都起了一層雞皮疙瘩，牙齒不停地打顫，發出清脆的碰撞聲。影子，在變大！比她第一次看到時，大了許多！

從那天起的每晚，他們都能看到那團影子。它總是出現在窗台下，那裡，是前夫自殺的位置。每一天，影子都會變大一些。逐漸地，影子有了具體的形象，它變得像一團失去了宿主的人影。

女人覺得自己陷入了老套的鬼故事當中，她覺得那團影子就是前夫黎陽的鬼魂，或許是自己準備結婚的關係，黎陽變成惡靈來騷擾他們。就連男友的語氣，似乎也有朝這方面埋怨的跡象。

男友不再風度翩翩，也不再跟她談論結婚的事情。他們請了許多神棍和所謂的寺廟高僧來驅鬼。可是完全沒有效果，凌晨三點四十三分，影子還是會按時出現。那些高僧和神棍看到影子後，一個個丟盔棄甲，跑得比誰都快。

他們換了許多房間，甚至試著去酒店住，還特意要沒有窗戶的房間。可是，完全沒用。沒窗戶的地方，影子確實沒有在地面上出現。它跑到了天花板上，從床的上方俯瞰兩人。它有著人類的外形，似乎在無聲的嘲笑他們。

隨著時間的流失，兩人幾乎要崩潰了。男友不修邊幅，再也沒辦法承受這種壓力，他正式提出了分手。

「帶著妳的前夫見鬼去吧。」一直都文質彬彬的男友罵罵咧咧的離開了。女人從此後再也沒有見過他，因為幾天後，傳來了他的死訊。男友自殺了，用一根繩子將自己勒死，就死在窗台下。死法跟前夫一模一樣！

可是女人越來越不相信那團影子是前夫黎陽的鬼魂，因為她今晚總算清楚地看到了黑漆漆的影子勾勒出來的身影。是那麼熟悉，那麼的令人恐懼。

影子，其實正是她自己。

臨死前，妻總算是明白了黎陽寫在日記本封面上的那段話的含義，「人類眼中的世界其實很奇怪，每個人看到的東西或許都是不同的。例如影子，沒有人看到過影子的真實形態，因為見過的人，已經死掉了。」

事實就是這樣，看到影子真實形態的人，全都死掉了！

第一章

不論什麼事情，總歸會有一個開始。至於這個故事的開端，其實很簡單，正是一個惡俗的無聊的都市恐怖故事。張勳並不太相信這個故事，因為他自認為是個無神論者。

最近他買下了附近一間位置還算不錯的老公寓，說老其實也沒那麼老，屋齡不過十年而已。三房兩廳，一百零一平方公尺（約三十坪），每個房間都附贈有寬敞的凸窗。本來以他的收入，加上父母的贊助，也很難買得起這樣的房子。但快結婚的他確實需要一間房子，租房被房東趕來趕去的生活，他跟他的女友早已經受夠了。

這間房子非常便宜，比隔壁至少便宜了兩成。剛開始張勳覺得有些不可思議，但聽了房仲的說明後，便明白了。房子中死過人，它的原男主人就自殺在主臥室的窗戶下。

張勳和女友猶豫了許久，終於一咬牙，還是買下了。死人怕什麼，現在的房價，估計就連鬼都害怕。

屋子裡的裝潢還很新，他付了錢後，辦完銀行手續，就簡單的買了生活用品跟女友搬了進去。俗話說什麼人交什麼朋友，張勳和女友的朋友圈都很鐵齒，一聽說兩人買了凶宅，一個一個都跑過來看熱鬧。甚至還有留宿者試圖想要證明這裡會不會有變為鬼屋的潛質。

現代人的娛樂傾向以及思維方式，果然是變得越來越奇怪了！

張勳的女友叫楊尋雨，很中性的名字，就連性格也有些中性。不同於別的女孩特別膽小，她對BL和恐怖小說特別有愛。最愛幹的事情便是凌晨看恐怖片，發出陰惻惻的笑，以及玩各種莫名其妙的靈異遊戲。

就連死過人的主臥室，楊尋雨也不嫌棄，不但將床搬到據說死過人的窗台下，還經常抓著相機殷切的希望拍到靈異照片。

總之，這兩個人實在很鐵齒。他們之後被嚇破膽的遭遇，完全是咎由自取。

在他們搬進新家兩個月後，一堆同樣熱愛靈異事業的豬朋狗友來到家裡聚會。不知談論了些什麼，總之最後卻繞到了一個老梗的恐怖遊戲上。一個關於鏡子的遊戲，類似「血腥瑪麗」。

「你們知道吧，自殺的人是上不了天堂也下不了地獄的。只能變成地縛靈永遠的待在死掉的地方！」說這番話的是一個叫做李蘊的朋友，據說他的工作壓力很大，排解消遣的唯一途徑，就是各類看似有趣的靈異遊戲。

家裡的燈很明亮，在他說完這番話以後，居然應景的閃爍了一下，嚇得旁邊的女生們不由得尖叫起來。

李蘊得意的笑著，「對了，死在你們家的那個前男主人叫什麼名字？」

「好像叫做黎陽。」楊尋雨抽出小本子翻了翻，自己的女友居然連這都記了下來。看得張勳頭痛不已。

「要不要玩一個遊戲？」李蘊提議道：「到那個黎陽死掉的房間，將一面鏡子放在他死掉的地方，關掉燈喊他的名字。據說這會讓地縛靈醒過來，回應你的呼喊。」

「真的？」楊尋雨聽得眼睛都亮了。身旁的一眾女生也是既害怕又好奇。推推嚷嚷下，這群不怕死的傢伙真的走進主臥室，開始玩起這個遊戲。

一行七人，擠在擺滿傢俱的房間中，空間頓時變得狹小。楊尋雨差遣男友將梳妝檯上的鏡子拆下來，放在據說死了人的窗台下。

「注意，遊戲要開始咯！」李蘊笑嘻嘻的吩咐道：「張勳，關燈。」

張勳鬱悶的撓撓頭，配合的關掉了電燈。

屋裡頓時變得一片黑暗。光芒消失後，黑色充斥了眼眸，就算近在咫尺的人也沒辦法看到對方，滿房間只剩下變粗的喘息聲。空寂的屋中，有一股莫名的壓抑感。或許，這是人類對黑暗天生的恐懼。

張勳摸索著走到人群中，李蘊的聲音適時的響了起來：「我來喊一二三，然後大家一起叫那個名字。」

「一！」

楊尋雨有些緊張。

「二！」

就連李蘊的聲音也略微抖了抖，不知是不是太過激動。

「三！」

三聲之後，七個人同時喊道：「黎陽，黎陽，黎陽！」

一同開口的人又不約而同的停下了聲音。黑漆漆的屋子裡頓時陷入了怪異的沉默當中，大家都停住了所有的動作，就連呼吸都快停歇了。就彷彿時間被按下暫停鍵，空氣中的緊張感在緩緩加劇。

不知是誰起頭的，有個女孩尖叫了一聲。群聚效應頓時發揮了作用，女孩們一個接著一個尖叫，然後拚了命的往外跑。當氣喘吁吁的七個人拉開房間門跑到客廳時，大家都歇斯底里的大笑不止。

客廳的光遍灑在視線可及的一切角落，剛剛莫名其妙積累起的恐懼感頓時一掃而空。他們坐在沙發上又笑又興奮，像是一群行為能力缺失的神經病。

「剛才是誰先叫的？」李蘊止住笑，拍了拍笑到發痛的臉問。

沒人願意承認。

「那叫聲是從我右邊發出來的。」坐在沙發中間的一個長髮女孩洩密道。

「妳右邊是誰？」李蘊又問。

眾人的目光在空中掃視一圈，最後停留在了楊尋雨身上。她臉發紅的開始趕人：「不早了，快一點了。全都給我滾回自己家去！」

「切，沒意思。」女孩們收到逐客令，紛紛掃興的抱怨。

「沒想到尋雨一副大大咧咧的模樣，膽子卻那麼小。」有人偷笑。這令楊尋雨更加尷尬了，她將所有客人掃地出門，賭氣的坐在沙發上生悶氣。

「洗一洗睡覺吧。」張勳被這群豬朋狗友折騰了一晚上，都累到快散架了。他有些後悔，早知道買這房子會引來一群無聊人士盤踞，自己絕對不會買這裡。

「喂，老公，我很膽小嗎？」楊尋雨突然抬頭問。

「不膽小啊。」張勳敷衍道：「誰說妳膽小了？」

「可我第一個受不了，居然很丟臉的叫出聲音了耶！」

「這又不能證明什麼！」

「哪有，太丟臉了。我的臉在朋友面前都丟光了，以後還不知道他們會用什麼眼光看我！」楊尋雨嘟著嘴。

「妳想太多了，就妳那群朋友，明天一早準會把什麼事情都忘得一乾二淨。」張勳有些無言。

「不行，那個遊戲我得重玩一次，挽回面子。」楊尋雨緊咬嘴唇，喃喃道。

張勳覺得自己的女友太偏激了，一件沒什麼的事情都緊張得如臨大敵，面子這種東西，需要以這種方式來表現嗎？真是奇怪的邏輯！

「你別進來，我要一個人玩。」楊尋雨說是風就是雨，她站起身將男友推開，然後走進主臥室，還將門反鎖了起來。

張勳嘆了口氣，對女友的小題大做他實在沒辦法應對。去浴室洗了個澡，換好衣服後，楊尋雨依然沒有從臥室出來。他敲了敲門，裡邊沒有任何聲響，也沒人回應。

他試著喊女友的名字，得到的只是空寂的屬於自己的聲音不斷在房子裡迴響。張勳有些著急了，他找到備用鑰匙將反鎖的門打開，卻看到女友居然暈倒在地上。

張勳急忙將女友送到醫院，診斷結果是營養不良。這令他感覺很不可思議，前段時間體檢的時候，報告上還顯示楊尋雨營養過剩呢。這才多久，就變營養不良了？

楊尋雨在三天後才醒過來，她目光呆滯的望著天花板。再問她那晚究竟在房間裡發生了什麼，她卻怎麼也想不起來。

兩人對這件事沒有太在意，但是他們根本沒有意識到，或許，這才是恐怖事件的開端而已……

第二章

「這是最好的時代，這是最壞的時代。」查爾斯．狄更斯在《雙城記》中的這句開場，用來形容張勳和楊尋雨最近的跌宕起伏並不為過。

他們最近過得很不好。但是過得更糟糕的，還另有他人。那就是李蘊。他自從玩了那個無聊的遊戲，回家後，就總覺得有什麼東西跟在自己身後。將車開進地下停車場時，整個偌大的停車場中早已經空無一人。凌晨兩點的空氣有些微冷，下車，朝前方走了幾步，空蕩蕩的腳步聲頓時刺耳的響起。聽得他直皺眉頭。

李蘊喜歡玩恐怖遊戲，只不過他從來不在自己家玩。這傢伙覺得將亂七八糟的東西帶回自己的家裡，很不舒服。所以，朋友也從來沒有去過他家。那些在遊戲裡跟他勾肩搭背玩曖昧的女孩們也更加不知道，他早已經結婚了，還有個三歲的女兒。

其實朋友這種東西，也不過是另一種紓解壓力的管道而已。

他的影子在燈光下被拉得很長，猶如一種未被世人發現的怪物。隨著光線的接近和遠離，影子不斷變化著形象，就連他提著公事包的手，也在影子的形態中散發著一種古怪的壓抑感。

夜晚為一切披上神秘的面紗。李蘊覺得有些冷，連忙緊了緊外套。他被拉扯得不成人樣的影子掃過停車場天花板上吊著寫有「出口」字樣的鐵牌時，鐵牌猛地搖晃起來，彷彿有誰用手狠狠地推了它一把。

這讓李蘊嚇了一條。大幅度搖晃不止的出口牌發出孤寂的、令人厭煩的聲音。空曠的停車場中，也只剩下這個聲音。李蘊的心跳重重跳動了幾下，他打了個冷顫，快步走進電梯。

他沒有注意到，自己的影子並沒有跟著他一同進去。而是依舊留在外界，手部位置提著公事包，津津有味的撥弄著出口牌。

李蘊家在十八樓，他悄悄的開門。先去女兒房間看了看，三歲的女兒很可愛，胖嘟嘟的，睡覺也不老實，被子被掀得早已經扔到了地上。他替女兒蓋好被子，然後出門準備換衣服。就在這時，一件恐怖的事情發生了。

鞋櫃附近擺放著他夏天買給女兒的一雙紅色小涼鞋，那雙涼鞋有種九〇年代的復古味道。主體用紅色的塑膠構成，鞋面上還點綴著兩隻金色的小蝴蝶，異常漂亮。可正是鞋面上的兩隻蝴蝶，卻讓李蘊看到了不可思議的一幕。

只見燈光照耀下，漂亮涼鞋上的小蝴蝶翅膀一動一動的飛起來了，慢慢飛高了。速度像在放慢鏡頭。李蘊呆在原地，他用力地揉著眼睛，一眨不眨的看著這令人難以理解的現象。眨眼間，原本應該不見的兩隻蝴蝶依然緊緊的停留在鞋子上，剛才飛走的消失得無影無蹤的蝴蝶，彷彿只是他的臆想。

李蘊晃了晃腦袋，他有些搞不清楚自己是怎麼了。累了嗎？他準備去洗個澡，然後回床上抱著老婆香噴噴的睡一覺。當他轉身走了幾步後，突然像是察覺到了什麼，又猛地轉回頭，死死地再次望向那雙紅色涼鞋。

不對，他終於知道哪裡不對了！紅色涼鞋在燈光下的影子裡，竟然沒有蝴蝶的影子。影子中鞋面上空蕩蕩的，黑漆漆的跟附近的拖鞋糾葛在一起。而鞋子的實體上，塑膠蝴蝶明明好好地存在著。

這究竟是怎麼回事？

李蘊感到自己的腦袋一團亂，他全身都在發冷，一股股惡寒和恐懼瘋了似的湧入身體。等他反應過來，下意識的看向自己的影子時，整個人都愣住了。

他的影子，沒有了。明明應該存在影子的地方，什麼也沒有留下。只剩天花板上投射下的冰冷燈光以及腳下光禿禿的光芒……

李蘊尖叫了一聲，瘋了似的急忙將燈關上。

恐怖的故事在都市的陰暗中蔓延，等到張勳和楊尋雨詫異的找上門來時，才驚然發現消失了兩個禮拜的李蘊，陽光的模樣和嘴角調侃的笑容全部消失了，他家緊緊的關閉著門，窗子還用厚厚的窗簾封住陽光。

一進門，就有股刺鼻的腐爛味道衝入鼻孔中，讓人作嘔。張勳和楊尋雨對李蘊的突然來電很奇怪，而看到了屋中的一幕，就更奇怪了。李蘊佝僂著腰，有氣無力，臉色明顯因為缺少陽光而慘白。他小心翼翼的從貓眼看了一眼，確定來人後，迅速開門，將兩人拉進去後又以難以描述的速度將門關上。

房內很暗，只有幾盞紅色的無影燈照亮，就如同沖洗照片的暗房。楊尋雨下意識的想按下身旁的電燈開關，就聽李蘊尖叫道：「別開燈。」

她訕訕的縮回手，問：「你怎麼變成這樣？」

李蘊「嘿嘿」乾笑兩聲，沒有回答。客廳黯淡的燈光下，只能隱約看到這裡被佈置成了一個簡易的靈堂。靈堂中擺放著一張女人的黑白照片，照片前沒有燃燒蠟燭，也沒有插香。

「誰死了？」

「我老婆。」李蘊語氣有些低落。

「你結婚了？」楊尋雨有些驚訝。

「嗯，早結了。」

張動用視線掃視著周圍的景象，他覺得屋裡的一切都有種不舒服的感覺。李蘊家像是異世界般，有著某種令他難以理解的壓抑感。這裡，居然看不到影子。

他偷偷看了擺放在客廳四個角落的無影燈，打趣道：「你家的裝潢還真別具一格。」

李蘊對這番話依舊只是報以幾聲乾笑：「我有件事情想求你們。」

「什麼事？」楊尋雨警戒道：「借錢我家可沒有，剛買了房子，全空了。」

「我才不需要錢，咳咳。」李蘊咳嗽了幾聲，他的身體狀況似乎十分糟糕，「我有個三歲的女兒，希望你們幫我照顧幾天。」

「我們工作都很忙！」張勳面有難色，委婉的拒絕。

李蘊似乎猜到了答案，乾脆俐落的從公事包中掏出五摞厚厚的錢扔在沙發上，「這裡有十萬，幫我照顧女兒三個禮拜。孩子的其他開銷，還可以另外找我報銷。」

看著那一大堆花花綠綠的紙鈔，兩人明顯有些動搖。楊尋雨跟張勳對視一眼，問：「為什麼找我們，十萬塊，找個高級的二十四小時托兒所完全沒問題。」

「那麼多朋友裡，我就只相信你們。」李蘊這番話說得有些言不由衷，但是他似乎是真的別有隱情。

楊尋雨最終還是敗在了金錢攻勢下，出門時，她的手牽著李蘊三歲女兒的小手。這個小名叫點點的女孩，很沉默寡言，不愛抬頭，但奇怪的是完全不怕生。帶她走的時候，也沒有任何掙扎，很聽話的跟他們離開了。

張勳的背包裡放著那十萬塊的天價托兒費。直到現在，兩人都有些不可思議。李蘊家究竟發生了什麼事？他的房間，有股說不出的恐怖感覺。最令人在意的是，李蘊在他們離開時提的要求——千萬不要讓女兒出門。如果她哭的話，就給她一個黑暗房間，拉好窗簾，不用開燈。直到自己來接她為止。

「你說，李蘊為什麼將女兒托給我們？」張勳覺得很不踏實，甚至，一回想起李蘊的家就有些害怕。

「管它那麼多，十萬塊耶！」女孩通常比較務實，她滿腦子都在想那突如其來的橫財該用在哪些方面。

兩人都沒有發現，在陽光下，三個人的影子長長地拖著，在腳底與地面的連接處向外蜿蜒。可最怪異的是，走在兩人中間的矮小三歲女孩，影子卻比他們長得多。女孩的影子有著四根軟綿綿的手，兩根被張勳與楊尋雨一左一右的牽著。

而另外兩隻，卻纏在了兩人的脖子上……

第三章

承諾這東西很可怕，有些時候你當屁一樣放了，在未來幾十年它就莫名其妙變成了你的口臭，借由別人的眼球陰魂不散。而張勳和楊尋雨，就很有可能成為這句話的應驗者。

這個叫點點的女孩真的很奇怪，不主動要求吃喝，通常是給她什麼她就吃什麼。也從不說話。晚上睡覺時，兩人經常會被她的哭聲吵醒，那哭聲乾澀得像是久旱的田，讓人聽得心裡莫名煩躁。但只要將她關進黑暗的屋子裡，她就真的不哭了。有一次張勳好奇的想知道點點究竟在黑暗裡幹什麼，可真的看清楚了，卻嚇了一大跳。

小女孩在畫畫，用手指不停的刮著木地板，而且可以不發出任何聲音。

張勳和楊尋雨嚴重懷疑點點在家時，經常被虐待，已經不正常了。不由得也懷疑起了李蘊是不是有虐待狂的傾向。

來不及等兩人證實自己的猜測，事情的發展卻朝著難以置信的方向蜿蜒過去。一個禮拜後，他們居然在報紙上看到李蘊的死訊。那是一則花邊新聞，新聞上提及的名字和居住地跟李蘊的情況一模一樣，一張模糊不清的照片也證明了李蘊已經死掉的事實。

這傢伙早在四天前就自殺了，用一根繩子將自己勒死在窗台下。鄰居聞到奇怪的味道，報警後，屍體這才被發現。

點點的存在立刻變成了楊尋雨和張勳喉嚨裡哽著的一塊肥肉，嚥不進去也吐不出來。當晚，兩人悶在家裡，唉聲嘆氣許久都沒有說話。

「他女兒我們該怎麼處理，交給警方嗎？」楊尋雨愁眉不展的將報紙扔在地上。

「我們分頭進行吧，妳去找警局和一些相關的部門。」張勳撓撓頭：「我去找找看李蘊的家人和親戚，肯定有人會願意將孩子領回去。」

「唉，我真是手賤。貪財害死人哪！實在不該要那十萬塊錢，結果把自己給陷了進去，弄了塊燙手山芋放在家裡。」楊尋雨也十分無奈。

點點並不知道自己父親已經死了，依然安靜的呆坐在房間陰暗的角落裡，她似乎很不喜歡燈光。這個女孩，相處久了，讓人感到有些毛骨悚然。

第二天他們請了假忙著處理女孩的問題。下午一點半張勳先回來，他一進門就看到點點站在房門口，用黑漆漆，沒有生氣的眸子直愣愣盯著他看。

張勳被嚇了一跳，顫聲問：「點點，妳在幹嘛？」

小女孩搖搖頭，面無表情的朝主臥房跑去。張勳抬頭看了一眼，撓了撓頭。奇怪，明明早晨離開時主臥好好的關起來了，什麼時候打開的？他去廚房弄了些東西準備招呼點點吃飯。將午餐端到主臥時，又被那孩子給嚇到了。

只見點點蹲坐在主臥窗台下，在雪白的牆上用蠟筆畫著什麼東西。黑色的蠟筆，勾勒著古怪的線條。彷彿像是一個被掐住了脖子垂死掙扎的人！這令張勳想起了屋子前主人的死因。

張勳打了個寒顫，等反應過來的時候心裡不由得大罵。蠟筆將雪白的牆畫成這樣，晚上一睜眼就看到這種可怕的東西，還要不要人睡覺了！

「點點，不准用蠟筆在房間裡亂畫！」他將小女孩抱走，心裡很是奇怪，「這女孩哪裡找來的蠟筆。她沒帶過來，自己也沒為她買過。」

再看女孩手裡，空蕩蕩的，哪有什麼黑色蠟筆。張勳腦袋發暈起來，自己眼花了？他下意識的望向窗台下的牆，乾乾淨淨，沒有任何畫過的痕跡。

這是怎麼回事？就在十多秒鐘前他明明看得清清楚楚，如果這樣明確的感官印象也算是幻視的話，自己的身體狀況絕對出了大問題。

他抱著點點，頭昏腦脹的扯開房中緊閉的窗簾，讓陽光和新鮮空氣透了進來。就在這時，懷中的點點猶如被點燃的炸彈般，刺耳的哭喊起來。一邊哭一邊朝著他的懷中使勁兒的擠，彷彿在躲避外界的光線。她擠得很用力，似乎恨不得鑽入張勳的肚子裡。

甚至，張勳有種錯覺，那性格詭異的小女孩真的擠入了自己的肚子中。他的肚子，有種飽滿的感覺。

可小女孩明明還在兩手之間，為什麼錯覺到已經幾近真實呢？張勳後退了幾步，下午的陽光從透明的玻璃外刺入，將漆黑的影子投影在身後的牆壁上。他感覺背後一股股寒意襲來，彷彿有什麼危險的東西就站在後方近在咫尺的位置。

張勳頓時寒毛直豎，迅速轉身向後看。可只看了一眼，他就暈了過去。只見雪白的牆壁上，投射著他的影子。確實只有他的影子。懷中明明還有重量的小女孩不見了，只留下他猶如懷胎十月般碩大的隆起的肚子，以及被肚子撐破的西裝……

等他醒來時，正睡在沙發上。楊尋雨已經回家了！她在廚房裡忙碌，窗外一片漆黑。不知何時，居然已經到了晚上。

張勳揉了揉腦袋，點點正趴在不遠處的地板上呆呆看著木地板的紋路，安靜得恍如沒有生命般。

「最近是不是壓力有些大？你剛剛居然暈倒在臥室裡。」楊尋雨將飯菜端上桌子，少有溫柔地問道。

「我覺得事情有些古怪。」張勳苦著臉，努力整理自己的思緒。

「什麼事情古怪？」楊尋雨有些詫異。

「點點，以及她老爹。」張勳微微一頓：「不知是不是錯覺，總之我覺得自從玩了那個無聊遊戲後，一切都不對了。」

「我怎麼沒感覺！」楊尋雨眨巴著眼睛，不以為然。

「妳仔細想想。李蘊死得太突然了，而且死法跟這個屋子前主人很類似。他的女兒點點，以前正不正常我不清楚，但她自打來我們家後，行為舉止越來越古怪。有的時候我甚至搞不清楚她是不是人類！」張勳聲音大得有些歇斯底里。

他的女友似乎被嚇到了，「你的意思是，我們家鬧鬼。鬼把李蘊害死了？」

「鬼鬼神神的我不怎麼相信，但是，這件事怎麼想怎麼透著詭異。」張勳突然抬頭看著女友，「說起來，那晚妳反鎖著臥室門一個人玩遊戲，到底看到了什麼？妳真的是因為失憶而忘記了嗎？」

在他的目光逼視下，楊尋雨不由得退了幾步。她的臉上浮起疑惑，「我確實記不起來了。」

「會不會是看到超過了大腦能承受的東西，所以引起了失憶？而且，醫院檢查結果是營養不良。說不定那晚有東西從妳身上剝離了大量的營養——」

「夠了！越說越離譜！」女友打斷了他的話：「別把話題全往我身上引，你最近也很不對勁兒。」

「我哪裡不對勁兒了？」張勳皺了皺眉。

「本來想瞞著你的，怕嚇到你。看來我不說不行了！」楊尋雨揚了揚下巴：「你每晚都夢遊！」

「不可能，我怎麼會夢遊！」他張大了眼睛。

「你確實在夢遊，有一次我被吵醒，還好奇的用錄影機拍下來。」楊尋雨拿過一台數位攝影機扔給他，「你自己看。」

張勳默不作聲的打開攝影機電源，看向螢幕。只見黑漆漆的房間，自己直愣愣的從床上坐起來。然後下了床，腳步僵硬的來到窗簾前，拉開。月光刺了進來，投影在地上，照在他身上。夢中的他彷彿受不了光亮，嚇壞了似的，連忙又將窗簾拉上。他蟲子似的蜷縮在窗台下，模樣像是個無法呼吸的瀕死者。

還沒看完，張勳就再也看不下去了，他覺得自己手腳冰冷，恐懼得要命。隔了好久才稍微平靜下來。他問：「妳是從什麼時候發現我夢遊的？」

「大概三個禮拜前吧，剛開始還不嚴重，隔幾天一次。最近越來越頻繁了，幾乎每晚都能在窗台下找到蹲著的你。天快要亮時，你就自己回床上了。」楊尋雨回憶了片刻。

「也就是說，我從前不會夢遊。三個禮拜前？奇怪了，三個禮拜前我受到什麼刺激，居然會開始夢遊……」話到這裡戛然而止。

楊尋雨也因為這番話而意識到了什麼，她不停的打顫，嚇得冷汗都流了出來。兩人對視一眼，紛紛從對方眼中看到了深深的驚悚。

第四章

三個禮拜前發生過什麼？這個答案很簡單，也呼之欲出。他們工作穩定，要說人生大事的話，只有一件。換房子。但是換房子在更早之前，那時候張勳也沒發現異常，更沒有夢遊症。但是，一群人玩了李蘊推薦的遊戲後，身旁似乎都出現了微妙的變化。

「確實有些不對勁。說不定這裡真是鬼屋！」楊尋雨雖然鐵齒，也是個無神論者。但現在卻總覺得屋裡流淌著一種冰冷的氣息，像是有某種東西潛伏在陰暗的角落，窺視著他們，等待機會將他們吞噬掉。

雖然，這一切都是因為她害怕而產生的錯覺。但是懷疑這種東西，一旦產生了就會不斷滋長，腐蝕意志。

「我們，還要繼續住這裡嗎？」越想越怕，楊尋雨不由得使勁兒往男友身旁靠。她看著不遠處的點點，眼神裡充滿了難以言喻的複雜視線。這個小女孩真的不像是人類，必須儘快處理掉。

「這樣，明天我們繼續請假。我去查李蘊的事情，順便去警局備案。妳去調查關於這房子上一個主人的一切情況。」張勳想了想，說道。

「只能先這樣了。」楊尋雨無奈的同意。

夜色降臨，然後劃過午夜，天地一片寂寥。兩人整晚都沒有睡著，他們總感到屋裡冰冷無比，像是睡在零下四十度的荒野，黑暗中有無數凶險在埋伏。第二天一早，兩人頂著碩大的黑眼圈出門。

等晚上回家時，他們不但眼圈是黑的，就連臉都黑了。從複雜的表情上看，楊尋雨和張勳一整天恐怕嚇得都不輕。

「妳那邊的情況怎樣？」張勳連晚飯都沒有心情吃，苦笑著問。

「很糟糕。」楊尋雨吐出三個字後一直沉默。

「先來講講我的調查結果吧。」張勳掏出一本記事本：「首先李蘊，他顯然跟我們隱瞞了許多事情。首先他是山西人，在這個城市舉目無親。在山西的時候就已經結婚了，和妻子的感情普通。妻子沒工作，在家裡帶孩子。重點是，他的妻子是最近死的，就在他拜託我們照顧點點的三天前。死因是自殺，她用繩子將自己勒死在窗台下。醫院說她有嚴重的憂鬱症，所以導致自殺。但是我查過，她確實有憂鬱症病史，但鄰居說她性格開朗，不像是會自殺的人。」

「而關於點點，鄰居給的印象跟我們看到的截然相反。」張勳看著不遠處沉默寡言，餓了一天也無所謂，繼續發呆的小女孩，輕聲道：「她性格陽光活潑，喜歡說話，附近的人都很喜歡她。」

「不會吧！」楊尋雨實在沒辦法在腦子裡勾畫出那個性格的點點究竟什麼模樣，

反差實在太大了。

「事實是，點點的性格恐怕也是自從她母親死後才變的。」張勳皺眉，「不過才三個禮拜，李蘊的老婆死了，他自己死了，死法都跟這屋子的前主人一模一樣。最愛的女兒也變得像是另一個人，真的很難用『物是人非』或者『飛來橫禍』這些成語說通！說說妳調查的東西吧？」

楊尋雨聽完後腦袋很亂，她揉了揉太陽穴，「我查到的東西不多，總之死在這裡的房子前男主人黎陽你早就知道了，不過他的妻子一年後也跟著死了。同樣是自殺，用繩子勒死自己的。而那女人新交的男友也是同樣的死法。我覺得那些人的死亡絕對不是偶然，所有的關聯，都來自這間房子！」

「我也有同樣的想法。」張勳點頭。

「那我們趕快搬走吧。」楊尋雨急切的說。

「搬走？搬去哪？說不定我們已經跑不掉了。」張勳沉重的嘆了口氣。

「你什麼意思，什麼跑不掉了？」女友打了個哆嗦。

「沒辦法解釋，但我總是有這個感覺。」張勳搖頭，沒有繼續討論這個話題，只是道：「還是先想想辦法，或許，我們真買到了一間不得了的鬼屋。好消息是，點點的奶奶已經聯絡我了，她一個禮拜後就會過來將她接走。」

「別管她的死活了，現在的問題是我們怎麼辦。」楊尋雨看也沒看小女孩一眼。

「妳不是常看鬼怪論壇嗎，有沒有驅鬼比較靈的人或者寺廟？對了，再聯絡一下那群一起玩過遊戲的朋友，看看他們的情況怎樣。」張勳說。無論再無神論者的人，遇到了科學無法解釋的事情，還是顯得弱小無力，終歸會求助於平時嗤之以鼻的宗教以及信仰。

「說起來，李蘊跟他們也經常混同一個論壇，又是同城，才逐漸變成朋友的。沒想到『朋友』這個詞叫出來簡單，可背後卻隱藏著無數你不知道的東西。」楊尋雨感嘆著，打開手機試著聯絡當晚一起玩的人，可是除開李蘊和他們，剩下的四個人無論如何也沒辦法聯絡上。

不由得，張勳和楊尋雨的心沉到了谷底。有股深深的絕望感莫名其妙的湧入腦海。其後的幾天，他們真的不再管點點，完全當作她不存在似的。李蘊的三歲女兒也確實沒有存在感，沒有任何要求，只會數木地板的紋路，然後看著空氣發呆，眼神沒有任何焦點。

他們求了許多廟宇，找了許多高僧和通靈者。但是危機究竟解除沒有，兩人的心裡完全沒底。畢竟鬧鬼這玩意兒也純屬他們的猜測，並不像買彩券，中了就是中了，沒中就是沒中，那麼的一目了然。

但是，有些端倪卻能看出事態在漸漸惡化。

張勳的夢遊變得更加頻繁，而且古怪可怕。常常將楊尋雨嚇得不輕。至於楊尋雨，她似乎神經衰弱得嚴重，在日常中經常冒出莫名其妙的話語，那些話有些恐怖，令人不寒而慄。

最近他們甚至害怕起自己的影子，就彷彿身後的影子在偷偷窺視著兩人。說不出來原因，可兩人偏偏就是有這種感覺。

「再這樣下去不行，絕對不行，我都快要瘋了。」楊尋雨試著搬出去住，但是完全沒用，沒幾天便灰溜溜的回家了。在外邊，她神經衰弱得更厲害。過了一個禮拜，點點的奶奶也沒有來接她，但是兩人已經不在乎了，他們自顧不暇。

「說起來，我最近在看一個叫夜不語的作家的微博，他似乎是個恐怖小說作家。那個人有些神奇，對古古怪怪的東西很有研究。或許他能幫到我們！」張動躊躇道：「要不，寫封電子郵件給他？」

「他會不會把我們當瘋子看？」楊尋雨猶豫了。

「再壞還能壞到哪裡去？不過是一封信而已。」張動打開筆記型電腦寫郵件，女友默不作聲的在他身旁看著。

燈光下，兩人的影子猶如蛇一般糾結在一起，透著難以言喻的死氣。點點偶然抬頭看了一眼，便再次低下頭去。

尾聲

我讀了張勳的郵件，感到事情的嚴重性。但是當自己趕去時一切都晚了。張勳和他的女友楊尋雨一起自殺，身體像蛇一樣扭曲在一起。他們在主臥室的窗台下用繩子勒死了對方。

這看起來像是一起普通的情侶自殺案，但是只有看過信件的我才清楚。屋子的兩任主人，李蘊和他的妻子，以及玩過那個遊戲的另外四個女孩，統統都不屬於自殺。

他們都被某種看不見的東西殺死了。這件事很難解釋清楚，我調查了足足一個月，也只是弄明白了事件始末的些許輪廓。

人，不可能勒死自己。因為人類的大腦不允許。但是警方和法醫在證據不足的情況下，只能認定為自殺。但是關於「自殺」的含義，可以解釋的地方實在太多了。很有趣的是，一直被張勳認為非人類的小女孩點點，才是整起事件中最清楚的一個。

我找到她的時候，她跟張勳以及楊尋雨的屍體待在同一間屋子。原本外向活潑的女孩至今也不愛說話，眼神麻木。我很納悶，或許她眼中的世界，是另一種場景吧。我堅信，她的眼中，能看到真相。但是缺乏交流意願的她，並不願意告訴我。

這個世界是沒有鬼神的，這是我一直以來都在闡述的世界觀。我在那個所謂的鬼屋中翻找了許久，最後找到了一個令人在意的東西。一面掛在主臥室窗台外隱秘處的古鏡。那面八卦銅鏡應該是唐朝晚期民間製造出來的，來源不詳。

雖然屋裡的人看不到，但是銅鏡擺放的位置，卻正好將整個主臥室的一切倒映在鏡子中。有人說鏡子倒映的東西，就是人和物的影子。

或許是吧。

究竟是誰將古鏡放置在那裡？用來驅邪還是有其他目的，我無法知曉。但是卻明悟到，那一連串的自殺真相，恐怕都是因為這面古鏡。

古老的物件在歲月的流逝中，總是會沾滿太多複雜的東西。就如同影子，太陽下漆黑的影子看似沒有生命，看似平常無奇，但是，誰又能確定，它真的無害呢？

誰知道？

透過特殊管道，我弄到了黎陽的日記試圖想搞清楚前因後果，但終究一無所獲。日記本上寫著一句話令我深以為然：

「人類眼中的世界其實很奇怪，每個人看到的東西或許都是不同的。例如影子，沒有人看到過影子的真實形態，因為見過的人，已經死掉了。」

是啊，知道真相的，除了那個小女孩外，通通都死掉了！

後記

冬天來了，在成都高達三百的 PM2.5 中，我眼中的整個世界都猶如籠罩在寂靜嶺裡，咳嗽不止。

不知從什麼時候開始，成都這個所謂的宜居城市，變得不怎麼宜居起來。出門就是看不到十幾公尺外的紅綠燈是什麼顏色的白茫茫，霧霾充斥滿一切。

我在房子裡裝了新風系統，出門戴著防霧霾的口罩。感覺活在末日當中。想想也諷刺，自己最喜歡看末日電影、看喪屍小說、玩廢土遊戲。可是無論是電影、遊戲，還是小說中的末日災難世界，至少天空都是清澈透亮的……

至少沒有霧霾。

好吧，不扯掃興的東西了。畢竟我還要在霧霾中成功的活到明年春季，等農曆一月二十二的「雨水」這個節氣帶來的西伯利亞的冷風吹過高達四千公尺的秦嶺，把四川平原的瘴氣吹走。才能等來乾淨的空氣。

與此不同的是，《夜不語詭秘檔案》的新版如火如荼的進行著，進行得很順利。我很高興。

《夜不語詭秘檔案》系列的影視劇也很順利，完全不同於窗外被新風系統與薄薄的鋼化玻璃隔絕的霧霾世界。至少我的心，並沒有霾氣。

掐指一算，今年已經過去了十一個月，再過三十天，就要到 2017 年了。

其實過了 2013 年後，我就沒有再刻意的去計算時間。有時候自己甚至搞不清楚自己到底多少歲了。2017 這個數字自然要比 2013 更加的科幻。可是我期待的高科技爆發的世界，依然沒有來。

我仍舊喜歡看實體書、無法接受電子書那沒有觸感的冰冷。

我依然很忙，養育餃子、寫書，每天都不知道自己在忙些什麼，可時間就那麼匆匆流逝了，一點都不願意停留絲毫。在科幻小說裡傳說中 2010 年會出現的家務機器人，但在七年後，仍舊沒有出現在我的世界當中。

呃，或許也有一些了吧。不知道掃地機器人和洗碗機算不算？

扯遠了扯遠了，最近自己的發散性思維總是越來越不容易控制。

餃子在一天一天的長大，我也在一天一天的老去。隨著一代又一代的年輕人在成長，我第一批的讀者也生兒育女了。有時候感覺挺唏噓的，但無論自己如何的忙碌，年紀有多大，《夜不語詭秘檔案》系列，我終究會一直寫下去。

一直是我的讀者的你們，我們用生命來比比誰堅持得更久吧。

《夜不語詭秘檔案》的新版，大家請多多支持，還有《夜不語詭秘檔案》第八部，也逐漸進入佳境，開始揭露守護女李夢月的秘密了。不容錯過，請大家繼續支持喔。

因為有珍貴的讀者，才有懶惰的我一直以來支撐的動力。

《夜不語詭秘檔案》系列邁入2017年，創作的第十六個年頭，我們一起加油，讓這個系列成為你和我的真正的人生系列！

夜不語

夜不語作品 13

夜不語詭秘檔案 102：木偶

國家圖書館出版品預行編目資料

夜不語詭秘檔案102：木偶 ／夜不語 著.
一 初版. 一 臺北市：春天出版國際， 2016.12
面； 公分. 一（夜不語作品；13）
ISBN 978-986-93944-6-8（平裝）
857.7 105022568

ISBN 978-986-93944-6-8
Printed in Taiwan

作者 夜不語
封面繪圖 Kanariya
總編輯 莊宜勳
主編 鍾靈
美術設計 三石設計

出版者 春天出版國際文化有限公司
地址 台北市信義區信義路四段458號3樓
電話 02-7718-0898
傳真 02-7718-2388
E-mail story@bookspring.com.tw
網址 http://www.bookspring.com.tw
部落格 http://blog.pixnet.net/bookspring
郵政帳號 19705538
戶名 春天出版國際文化有限公司
法律顧問 蕭顯忠律師事務所
出版日期 二〇一六年十二月初版
定價 170元

總經銷 楨德圖書事業有限公司
地址 新北市新店區寶興路45巷6弄6號5樓
電話 02-8919-3186
傳真 02-8914-5524

夜不語
詭秘檔案

夜不語

詭秘檔案